Im WALD der wundersamen WEGE

Ein Vorlese-Mitmach-Buch

Lisa Hänsch studierte an der FH Münster Design & Illustration. Sie zeichnet für ihr Leben gern für Kinder- und Jugendbücher. Gemeinsam mit Ramona Wultschner hat sie diesmal auch die Schreibfeder geschwungen.

Ramona Wultschner ist seit ihrem Designstudium in Pforzheim kopfüber in die bunte Welt der Illustration eingetaucht. Sie wirkt an Trickfilmproduktionen, Kinder- und Jugendbüchern mit – liebend gerne auch als Autorin.

Mehr über unsere Bücher, Autor:innen und Illustrator:innen unter www.thienemann.de

Ramona Wultschner & Lisa Hänsch

Im WALD der wundersamen WEGE

Ein Vorlese-Mitmach-Buch

esslinger

INHALTSVERZEICHNIS
Eine wundersame Wanderung S. 10
Oma Elfie
Die große Tanne S. 16
Der Krabbelforst S. 20
Die magische Lichtung S. 26
Die Quelle der Weisheit S. 38
Der Nebelsee S. 48

Höhlen-
zauber
S. 56
Die
Klingende
Kastanie
S. 66
S. 32 Der Weg der
tausend Stimmen
Die
Burgruine
S. 94
Im Glitzer-
hain
S. 84
Der
grüne
See
S. 74

Eine wundersame Wanderung

»Ihhh, Grete hat mir eine Klette in den Nacken gestopft!«, schreit Hannes.

Papa schmunzelt. »Grete, wie wäre es, wenn du Hannes mal eine Pause von deinen Streichen gönnst? Dann macht das Wandern auch viel mehr Spaß!«

»'tschuldigung, Hannes!«, gibt Grete zurück. Sie ist schnell zu Oma vorgerannt und läuft jetzt neben ihr her.

Hannes beeilt sich, die anderen wieder einzuholen. »He, wartet auf mich!«, ruft er.

Hannes und Grete sind mit ihrem Papa übers Wochenende zu Besuch bei Oma Elfie. Sie wohnt in einem winzigen Haus direkt am Waldrand. Dort ist es so gemütlich! Alles ist aus Holz, selbst die Lampen und Blumentöpfe. Überall auf dem Boden liegen kunterbunte Teppiche. Und es riecht immer so lecker!

Oma backt den weltbesten Apfelkuchen, sie erzählt die weltbesten Gutenachtgeschichten, und sowieso ist sie die weltbeste Oma, die Hannes und Grete sich nur vorstellen können.

Eigentlich hatten sich die beiden besonders darauf gefreut, auf dem Dachboden zu stöbern. Dort ist alles mit den tollsten Sachen vollgestellt, und es gibt so viel zu entdecken. Eine riesige Kuckucksuhr zum Beispiel oder die Kiste mit Papas alten Spielsachen. Und im verwilderten Garten hätten die Geschwister so gerne eine Hütte aus Zweigen und Ästen gebaut.

Aber Papa hatte andere Pläne für das Wochenende …

»Wann haben wir denn endlich fertig gewandert?«, fragt Hannes ganz außer Atem.

»Das ist ein Rundwanderweg«, sagt Papa. »Und wir haben schon fast die Hälfte geschafft.«

»Och nö, dann dauert es ja noch voll lange!« Hannes lässt die Arme hängen und stapft mit schweren Schritten neben ihm her.

»Was haltet ihr von einer Pause?«, fragt Oma Elfie und wuschelt den Kindern durchs Haar. »Ich kenne eine gemütliche Lichtung, gleich da vorne bei der großen Buche.«

Ein kleines Picknick ist jetzt genau das Richtige. »Lecker, Käse mit Walnüssen!«, freut sich Grete und beißt genüsslich in ihr Brot. Hannes greift nach einem Apfel. Wo ist denn bloß sein Taschenmesser?

»Versteh ich nicht …«, murmelt er und kramt in seiner Tasche herum. »Ich habe es genau hier reingetan. Jetzt ist es weg.«

»Ach, das passiert hier ständig«, sagt Oma beiläufig.

»Hä? Wie meinst du das?«, will Hannes wissen.

»Dass Sachen verschwinden.« Verschwörerisch beugt sie sich zu den Kindern vor. »Habe ich euch noch nie von den Geheimnissen dieses Waldes erzählt?«

Hannes und Grete spitzen die Ohren. »Welche Geheimnisse meinst du?«, fragen sie gleichzeitig.

»Man munkelt, dass in diesem Wald nicht alles mit rechten Dingen zugeht. Zum Beispiel verschwinden hier immer wieder Sachen und tauchen dann ganz woanders wieder auf. Mir selbst ist das auch schon passiert. Beim Pilzesammeln hab ich meinen Ring verloren. Und wo finde ich ihn wieder? In einer verschlossenen Apfelsaftflasche im Keller, stellt euch das mal vor!«

Grete macht große Augen, und in Hannes' Bauch kribbelt es plötzlich ganz wild. Hat der Wald wirklich sein Taschenmesser versteckt?

»Ach Mama, nicht schon wieder diese alten Geschichten!«, lacht Papa.

»Geschichten? Dann gibt es also noch mehr?«, fragt Grete aufgeregt.

»Ganz recht«, fährt Oma fort. »Hier im Wald verschwinden nicht nur Dinge, man erzählt sich auch, dass manchmal ein seltsamer Schatten durch die Bäume huscht. Für kurze Zeit glitzert dann der ganze Wald.« Sie schaut den Kindern fest in die Augen. »Aber niemand weiß, was es mit diesem Glitzerschatten auf sich hat.«

»Jaja, das Märchen vom Glitzerschatten. Und vergiss nicht von dem Seeungeheuer zu erzählen! Das soll es doch auch geben«, wirft Papa grinsend ein. »Komischerweise hat es noch niemand gesehen.«

Hannes und Grete sehen sich begeistert an. Ein echtes Seeungeheuer? Hier im Wald?

Papa lacht jetzt schallend. »So ein Unfug, Kinder! Weder das Seeungeheuer noch den Schatz hat jemals irgendjemand zu Gesicht bekommen.«

»Den Schatz?« Grete und Hannes können kaum still sitzen. »Was für einen Schatz?«

»Euer Vater spricht von dem berüchtigten Räuberschatz«, erklärt Oma Elfie. »Er ist schon seit über hundert Jahren verschollen.«

»Das ist doch alles nur Quatsch«, winkt Papa ab. »Schätze und Dinge, die einfach so verschwinden – keine Sekunde glaube ich an so was! Und das solltet ihr auch nicht, Kinder.«

Oma lächelt verschmitzt. »Wenn das alles Quatsch ist, wo ist dann dein oberster Hemdknopf?«, fragt sie unschuldig.

»Hä?« Papa schaut überrascht an sich hinunter. »Gerade eben war er doch noch da!«

»Genau«, grinst Oma und beißt zufrieden in ihre Karotte.

Hannes und Grete sind jetzt Feuer und Flamme. Sie bestürmen Oma Elfie mit Fragen. Ob Bäume Knöpfe klauen? Und ob das Glitzern wohl von Feen stammt? So gerne würden sie all den Dingen auf den Grund gehen.

In Omas Augen blitzt es geheimnisvoll auf. »Ich kann euch nur das sagen, was auch meine eigene Oma mir immer erzählt hat: ›Nur wer ganz fest daran glaubt, kann die Zeichen erkennen und die Geheimnisse im Wald der wundersamen Wege lüften.‹«

Den Rest der Wanderung verbringen Grete, Hannes und Oma damit, überall nach Zeichen Ausschau zu halten.

»Der Ast dort sieht aus, als würde er auf was zeigen!«, findet Hannes.

»Diese blauen Blumen bilden eine Linie! Vielleicht müssen wir ihnen folgen?«, überlegt Grete.

Die Geschwister könnten noch Stunden hier verbringen. Aber Papa möchte zu Hause sein, bevor es dunkel ist.

»Keine Sorge«, muntert Oma sie auf. »Ihr könnt doch schon morgen wiederkommen! Nur ihr zwei, dann habt ihr alle Zeit der Welt.«

Hannes und Grete schauen sich verschwörerisch an. Das haben sie sich schon längst fest vorgenommen!

Als sie abends im Bett liegen, können sie überhaupt nicht einschlafen, weil sie dauernd an den Wald der wundersamen Wege und seine Geheimnisse denken müssen.

»Ich wette, wir entdecken diese Zeichen, von denen Oma erzählt hat«, flüstert Grete in die Dunkelheit. »Und vielleicht finden wir sogar die Knopfdiebe oder diesen verschollenen Räuberschatz!«

»Oh ja!«, flüstert Hannes zurück. »Und stell dir nur mal vor, wir entdecken das Seeungeheuer! Oder wir finden heraus, was es mit dem Glitzern auf sich hat! Da würde Papa Augen machen!«

Noch lange malen sie sich aus, was sie alles erleben werden. Vielleicht sehen sie sogar Elfen? Oder Gnome! Doch während der Nachtwind die Bäume vor dem Fenster sanft hin- und herwiegt, und der Mond groß und rund über Omas verwildertem Garten steht, schlafen Grete und Hannes schließlich doch ein.

Die große Tanne

Als am nächsten Morgen die ersten Sonnenstrahlen durchs Fenster fallen, sind Grete und Hannes schon längst wach. Hannes wirft seine Taschenlampe, eine Lupe und ein Fernglas in seine Tasche. Grete verstaut ihren Kompass, ihre Sofortbildkamera und ein Seil in ihrem Rucksack. »Für alle Fälle!«, grinst sie.

»Bereit für die Schatzsuche!«, meldet Hannes und schließt die Schnallen an seiner Tasche.

»Das wird so cool!«, freut sich Grete.

»Na, wo wollt ihr denn so früh hin?«, fragt Papa, der sich gerade um Omas Lieblingspflanzen kümmert.

»Wir spielen heute im Wald«, erklären die Kinder wie aus einem Mund.

»Moment noch«, lächelt Oma verschmitzt und reicht ihnen eine Dose mit Brot, Käse und Zimtschnecken. »Die sind frisch gebacken! Für den kleinen Abenteurer-Hunger zwischendurch! Viel Spaß, ihr beiden!«

»Zum Abendessen seid ihr aber wieder hier, versprochen?«, fragt Papa.

Grete nickt. »Versprochen …«

»… ist versprochen!«, ergänzt Hannes.

Oma zwinkert den Geschwistern liebevoll zu. Und schon rennen die beiden zur Terrassentür hinaus.

In Windeseile klettern sie über den Gartenzaun und verschwinden zwischen den Bäumen.

Grete atmet tief ein: »Riechst du das?«

»Was?«, fragt Hannes.

»Na, die Abenteuer!«, lacht Grete.

Vor einer großen Tanne bleibt sie stehen. »Wer als Erster oben ist!«

»Hey, was hast du vor?«, will Hannes wissen.

»Von da oben sehen wir vielleicht, in welche Richtung wir müssen!«, ruft Grete.

Immer höher klettern die Geschwister, bis sie die Kronen der anderen Bäume überblicken können. Der Ausblick ist herrlich.

»Schau mal, wie der Wasserfall dort hinten in der Sonne funkelt!«, ruft Grete.

»Da ist eine Lichtung mit wunderhübschen Blumen!«, jubelt Hannes.

»Und weiter hinten, siehst du da die Burgruine?«

Die Kinder sind ganz begeistert. Der Wald hinter Oma Elfies Haus ist nicht groß, aber es gibt unglaublich viel zu entdecken! Da ist auch der See, von dem ihre Oma ihnen erzählt hat, und eine Stelle, von der geheimnisvolle Nebelschwaden aufsteigen. Und hat da hinten nicht etwas geglitzert?

Als die beiden wieder festen Boden unter den Füßen haben, will Hannes sofort losstürmen.

»Hey, wo willst du hin?«, fragt Grete.

»Hier sind lauter kleine Pfützen, die sehen aus wie eine Spur! Komm, wir folgen ihnen!«, antwortet Hannes.

»Warte! Da drüben zwischen den Bäumen hat es gerade ganz hell aufgeblitzt. Hast du das nicht gesehen? Lass uns herausfinden, was das war!«, meint Grete.

Du entscheidest, wo's langgeht!

Wohin möchtest du Hannes und Grete begleiten?

Sollen sie der Pfützenspur folgen?
Dann blättere auf S. 26 ⟶ **Die magische Lichtung**

Sollen sie dort nachschauen, wo es aufgeblitzt hat?
Dann blättere auf S. 20 ⟶ **Der Krabbelforst**

Der Krabbelforst

Zwischen den hohen Tannen surren Insekten, und irgendwo in der Nähe klopft ein Specht an einen Baum. Hannes und Grete blicken sich aufmerksam um. Weit und breit ist kein Blitzen zu sehen.

»Vorsicht!«, ruft Hannes auf einmal. Grete stolpert fast, so plötzlich kommt die Warnung.

Hannes beugt sich hinunter zum Boden und zeigt auf eine krabbelnde Schnur aus ganz besonders bunten Käfern, die ihren Weg kreuzt und dann im Unterholz verschwindet.

Schnell holt Hannes seine Lupe aus der Tasche.

»O Mann, fast hätte ich die platt getrampelt«, sagt Grete und hockt sich neben ihren Bruder auf den Waldboden.

»Sieht so aus, als würden sie von etwas angelockt«, murmelt Hannes und folgt den Käfern zwischen die Bäume.

»Hey, warte!«, beschwert sich Grete. »Ich dachte, wir suchen die Waldgeheimnisse – keine Käferparty!« Da schwirrt plötzlich eine Schar dicker Maikäfer über sie hinweg. Gerade noch rechtzeitig kann sie ihren Kopf

einziehen. Das kommt nun auch ihr komisch vor. Immer mehr Krabbeltiere scheinen auf der Reise zu sein. Grete stapft eine bewachsene Böschung hinauf, bis sie Hannes wieder eingeholt hat.

»Du glaubst nicht, welche Käfer hier vorbeikommen!«, ruft er. »Kartoffelkäfer, Hirschkäfer, Marienkäfer – …«

»… Maikäfer«, ergänzt Grete trocken.

»Lass uns herausfinden, wo diese Käfer hinwollen!«, meint Hannes.

Unter das Brummen der Käfer mischen sich nach und nach noch andere Geräusche: ein Klopfen, ein Summen, ein Trällern. Ist das Musik? Hier mitten im Wald? Hannes und Grete beeilen sich, den geheimnisvollen Insekten zu folgen.

Bald gelangen sie an einen Berg aus Gesteinsbrocken. Sie können gerade noch beobachten, wie die Schlange aus Krabbeltierchen in einer Felsspalte verschwindet. Vor dem Stein entdecken die Kinder eine winzig kleine Kassierbude.

»Das gibt's doch nicht! Da sitzt sogar ein kleiner Wurm drin, guck mal!«, flüstert Hannes aufgeregt.

Neugierig treten die Kinder näher heran.

»Sieht aus, als würden die Käfer Eintritt bezahlen«, wundert sich Grete. »Hast du so was schon mal gesehen?«

Hannes blickt Grete mit breitem Grinsen an. »Komm, wir stellen uns auch an!«

»Hannes, bist du verrückt?«, fragt Grete ungläubig. »Wie sollen wir denn durch die Felsspalte kommen? Und außerdem – hast du gesehen, wie lang die Schlange ist?!«

Da gibt Hannes Grete ein Zeichen. Schnell klettern die Geschwister über die Felsen und kommen an eine Stelle, an der man die Käfer durch ein offenes Gewölbe beobachten kann.

Was es dort alles zu sehen gibt! Winzige Zelte und Buden säumen den Platz auf der kleinen Lichtung. Dazwischen laufen bunte Käfer auf Stelzen. Es gibt ein Riesenrad und ein Käfer-Karussell. Über dem ganzen Trubel zischen schillernde Libellen in einer atemberaubenden Flugshow umher, machen Loopings, Schrauben und Sturzflüge.

»Das ist ja ein winziger Jahrmarkt!«, haucht Grete beeindruckt.

Die Kinder staunen. Von dieser Miniatur-Wunderwelt können sie gar nicht genug bekommen! Mit großen Augen beobachten sie das bunte Treiben.

»Schau mal dort!«, flüstert Hannes

auf einmal. Er deutet auf ein winziges Marienkäferkind, das etwas abseits des Trubels sitzt. Traurig lässt es die Fühler hängen und schnieft.

»Oh nein, ich glaube, es hat sich verlaufen!«, sagt Grete voller Mitgefühl. Wie gerne würde sie dem Kleinen helfen! Da nimmt sie aus dem Augenwinkel eine Bewegung wahr: Nur ein paar Buden weiter laufen zwei Marienkäfer hektisch herum und scheinen verzweifelt etwas oder jemanden zu suchen. »Wetten, dass das die Eltern sind?«

Hannes nickt aufgeregt. Auf einmal spitzt er die Lippen und pustet ganz sacht. Verwundert blickt das Käferkind hoch. Grete und Hannes winken ihm freundlich zu und deuten mit den Fingern in die Richtung, in der sie die beiden großen Marienkäfer erspäht haben. Zögerlich krabbelt das Käferkind los, und bald schon können die Geschwister beobachten, wie es von seinen überglücklichen Eltern ganz fest in die Arme geschlossen wird. Dann zeigt es aufgeregt auf einen Stand, an dem Zuckerwatte verkauft wird.

Die erwachsenen Käfer zucken nur verwirrt mit den Schultern. Aber Hannes und Grete können sich denken, was das Käferkind vorhat. Unter den verblüfften Blicken der Jahrmarktbesucher klettert es auf einen Stein und streckt die Zuckerwatte hoch in die Luft.

Die Zuckerwatte sieht total lecker aus und riecht auch verführerisch.

Hannes gibt sich einen Ruck, lehnt sich über die Felsspalte und versucht, sich die winzigen Leckereien möglichst unauffällig zu angeln.

Eine Libelle aus der Flugshow bemerkt die riesige Hand zuerst. Sie stößt ein warnendes Brummen aus. Augenblicklich verstummt die Musik. Als die übrigen Jahrmarktbesucher die Kinder entdecken, geht ein Raunen durch die Menge. Innerhalb von Sekunden sind alle Käfer in den Felsspalten verschwunden. Auch die Marienkäfer-Eltern flitzen los und ziehen ihr Kind einfach hinter sich her. Der kleine Jahrmarkt ist wie leer gefegt.

Hannes hält in seiner Bewegung inne. »D-d-das wollte ich nicht«, stammelt er.

»Och manno«, beschwert sich Grete. »Ich wollte doch so gerne noch die Seiltanzkäfer sehen!«

Betreten lecken die beiden an der Zuckerwatte. Kurz schmeckt

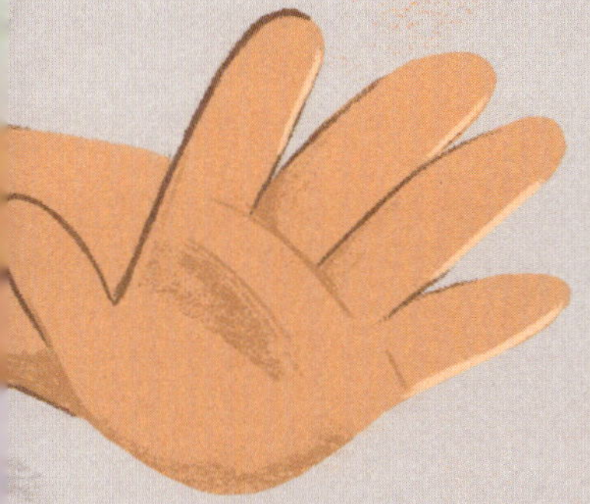

es ganz herrlich süß, dann ist die Zuckerwatte auch schon aufgegessen. Während die beiden noch auf dem Felsen sitzen, erklingt nicht weit entfernt auf einmal wieder Musik.

»Das Fest geht weiter!«, jubelt Hannes. »Da bin ich aber froh. Wahrscheinlich ist so ein Mini-Jahrmarkt schnell aufgebaut. Und jetzt feiern die kleinen Krabbler einfach woanders weiter.«

»Aber diesmal lassen wir sie wohl besser in Ruhe!«, sagt Grete und blickt sich um. »Hast du das gesehen? In dem Busch da drüben hat es gerade ganz arg geraschelt! Vielleicht war das ein Räuber auf dem Weg zu seinem Schatz!«

Aber Hannes hat etwas anderes bemerkt. »Hast du das auch gerade gehört? Da ruft und kichert doch jemand! Vielleicht sind das die Knopfdiebe? Komm, lass uns nachschauen!«

Was macht dich neugierig?

Möchtest du nach dem Räuberschatz suchen?
Blättere auf S. 38 ⟶ **Die Quelle der Weisheit**

Möchtest du lieber dem Rufen folgen?
Weiter auf S. 32 ⟶ **Der Weg der tausend Stimmen**

Die magische Lichtung

Lachend folgen die Geschwister der Pfützenspur. Aber die Pfützen werden immer kleiner und weniger, und bald liegt nur noch der sandige Waldboden vor ihnen.

»Na toll, wir hätten wohl doch den anderen Weg gehen sollen«, jammert Hannes.

Doch plötzlich lichten sich die Bäume, und die beiden treten auf eine wunderschöne Wiese. Weich wie ein Teppich schmiegt sich das Gras an ihre Füße. Schmetterlinge tanzen zart über die Gräser, und bunte Blumen wippen im warmen Sommerwind.

»Boah, wie schön das ist!«, haucht Grete ehrfürchtig und lässt ihren Blick schweifen.

Dann steuert sie zielstrebig auf die Mitte der Lichtung zu. Dort türmen sich ein paar klobige Felsen. Grete seufzt wohlig und macht es sich rücklings auf einem flachen Stein gemütlich, der von der Sonne ganz warm ist.

Hannes schlendert hierhin und dorthin und kann gar nicht genug von den schönen Blumen bekommen.

Rosa, hellblau, gelb und orange: Er freut sich über die vielen bunten Farbtupfer und saugt den sommerlichen Duft ein.

Das gleichmäßige Summen der Bienen und Hummeln macht Grete ganz schläfrig. Nur kurz will sie ihre Augen schließen, da ist sie schon eingeschlummert.

»Weg, weg, weg!«, brüllt sie plötzlich erschrocken und richtet sich ruckartig auf. Irgendetwas ist auf ihrem Kopf! Panisch fuchtelt sie in ihrem Haar herum und schleudert das Etwas in hohem Bogen auf den Boden.

»Heey, dafür hab ich ewig gebraucht!«, beschwert sich Hannes und hebt das Ding schnell wieder auf. Liebevoll zupft er daran herum, um es wieder in Form zu bringen.

»Was soll das denn?«, fragt Grete atemlos. »Und was ist das überhaupt?«

Hannes streckt ihr einen hübsch geflochtenen Kranz aus bunten Blumen und hellen Gräsern entgegen. »Setz ihn wieder auf, das sah super aus!«

Jetzt muss Grete lachen. »Nein, der hat gepikst!«

»Na gut!« Hannes gibt auf und setzt sich den Kranz einfach selbst auf. »So geht's auch, du Lauch!«, sagt er grinsend.

»Lauch?« Grete blinzelt ungläubig. »Wenn ich ein Lauch bin, was bist dann du? Ein Blumenkohl?«, gibt sie zurück.

»Der Blumenkohl ist innen hohl!«, sprudelt es aus Hannes heraus.

Grete kichert. Was ist denn nur mit ihrem Bruder los? »Sag mal, machst du das mit Absicht?«

»Ich armer Wicht, das mach ich nicht!« Hannes hebt hilflos die Arme. Dann nimmt er den Kranz wieder vom Kopf und dreht ihn in seinen Händen. »Ich wollte gar nicht reimen, ich schwör's.«

Mit großen Augen schaut seine Schwester ihn an. »Gib mir noch mal den Blumenkranz«, sagt Grete und greift danach.

Aber Hannes ist schneller. Er setzt sich den Kranz zurück aufs Haar und tönt: »Ich tanze einen feinen Tanz, schuld am Reimen ist der Kranz!«

»Ein Reimkranz!«, freut sich jetzt auch Grete. »Hannes, das ist so cool! Komm, reim mal was auf Schatz! Vielleicht bekommen wir dann einen Hinweis!«

»Führst du mich zum Schatz, kriegst du einen Schmatz!«, blubbert es aus Hannes heraus.

»Suuuper!«, kichert Grete. »Und jetzt was auf Lichtung!«

Hannes Augen funkeln, dann holt er tief Luft.

»Hier bei dem Stein sind wir nicht allein. Es raschelt im Grase der niedliche Hase«, fährt er fort und steigt dabei immer höher auf den Steinhaufen hinauf.

»Die Bienen summen, die Käfer brummen.«

Während Hannes reimt, geschieht etwas Eigenartiges. Kleine Vögelchen schwirren heran, Mäuse und Hasen strecken ihre Köpfe aus dem Gras und selbst die Bienen und Insekten haben sich ganz still auf die Blüten gesetzt, als würden sie aufmerksam zuhören.

»Vom kleinsten Insekt bis zum größten Tier, derselbe Grund hält alle hier. Sie sind versammelt auf dieser Lichtung, zu lauschen meiner schönen Dichtung!«, ruft Hannes.

Kurz ist es mucksmäuschenstill, dann bricht Getöse los. Die Insekten brummen extralaut, die Vögel zwitschern und tirilieren, und die Hasen quieken mit den Mäusen um die Wette. Sogar die Blätter der Bäume scheinen zu applaudieren.

Auch Grete klatscht begeistert in die Hände, während sie mit offenem Mund all die Tiere bestaunt.

Hannes weiß erst gar nicht, wie ihm geschieht. Er verbeugt sich in alle Richtungen, bis es langsam wieder still wird.

»Ich bin dran, lass mich den Kranz haben«, platzt Grete heraus, während sie zu Hannes nach oben klettert.

Hannes hat sowieso genug vom Reimen und drückt Grete den Kranz gerne in die Hand. Wie eine Opernsängerin breitet sie die Arme aus und holt tief Luft. Dann schmettert sie: »Isst du Bohnen aus der Dose, kracht es später in der Hose.«

Sie hält inne und wartet gespannt auf eine Reaktion. Doch niemand applaudiert begeistert. Stattdessen flattern ein paar Vögel auf, greifen sich den Kranz von ihrem Kopf und fliegen einfach damit davon. Während Grete ihnen noch fassungslos hinterherstarrt, verschwinden auch die anderen Tiere mit leisem Geraschel im Unterholz.

Hannes kugelt sich vor Lachen im Gras. »Das hat ihnen wohl nicht so gut gefallen!«, quietscht er.

»Gemein ist das. Mein Gedicht war super!«, nörgelt Grete und klettert zu ihrem Bruder herunter. Hannes weiß genau, wie er seine Schwester aufmuntern kann. Mit einem fröhlichen »Tadaa!« hält er ihr eine von Omas Zimtschnecken hin. Ein Lächeln huscht über Gretes Gesicht, als ihr der herrliche Duft in die Nase steigt. Und dann machen die beiden erst mal richtig gemütlich Picknick.

Als alles bis auf den letzten Krümel aufgefuttert ist, wollen sie aber unbedingt weitergehen. Aufmerksam schauen sie sich um. Ein kleiner Fluss schimmert in der Sonne und verliert sich dann im Dämmerlicht zwischen den Bäumen. Grete spitzt die Ohren. Nicht weit entfernt hört sie ein leises Rauschen. Ist das ein Wasserfall? Das wäre bestimmt ein tolles Versteck für einen Räuberschatz. Jeder weiß, dass sich hinter Wasserfällen oft geheime Höhlen verbergen.

Aber Hannes zeigt geradeaus. »Grete, guck doch mal da vorne! Diese Bäume bilden ein Tor. Vielleicht passiert etwas, wenn wir durchgehen!?«

Du entscheidest, wie die Geschichte weitergeht!

Wenn du dem Fluss folgen willst, blättere auf S. 56
⟶ **Höhlenzauber**

Wenn du lieber durch das Tor gehen möchtest, blättere auf S. 48
⟶ **Der Nebelsee**

Der Weg der tausend Stimmen

Aufgeregt flitzt Hannes zwischen Bäumen und Sträuchern hin und her. Immer wieder bleibt er stehen und lauscht.

»Da lang«, ruft er und deutet auf einen breiten Pfad.

Grete horcht angestrengt. »Jetzt hab ich auch was gehört. Da kommen Stimmen aus den Baumkronen!«, sagt sie. »Hallo! Wer ist da!?«, schreit sie nach oben.

»Pupsklo, wer frisst da!?«, schallt es mehrstimmig zurück.

Hannes reißt die Augen auf. Was ist denn das für ein seltsames Echo? »Zeigt euch, ihr Schurken!«, gibt er zurück.

»Schreit nicht, ihr Gurken!«, kommt prompt die Antwort.

Hannes und Grete müssen lachen. Angestrengt schauen sie zu den Bäumen hinauf. Aber sie können niemanden entdecken. Es raschelt kurz, dann ist es wieder still. Vor einer Buche, deren Krone verräterisch hin- und herschaukelt, bleiben die Kinder schließlich stehen.

»Wer immer ihr seid, kommt runter, wenn ihr euch traut!«, ruft Grete.

»Pullunder aus Rübenkraut!«, schallt es zurück. Nicht weit entfernt, aus einem anderen Baum, kichert es lauthals. Doch als die beiden dort ankommen, schwanken wieder nur die Blätter im Wind.

»So ein Mist, wir sind einfach zu langsam!«, keucht Hannes.

»Heeeey, wer seid ihr?«, schreit Grete nach oben.

»Eeeekliges Rülps-Tier«, kommt es aus einer alten Eiche.

Aber schon wieder können sie niemanden entdecken. Stattdessen rumpelt es leise. Doch dieses Geräusch scheint nicht aus den Bäumen zu kommen.

»Grete, war das dein Bauch?«, kichert Hannes. »Warte, da habe ich was …« Er kramt in seiner Tasche und hält Grete einen Müsliriegel hin. Grete nickt dankbar. Sie will gerade genüsslich in den Riegel beißen, da raschelt der Holunderstrauch gleich neben ihr. Zwei kleine schwarze Äuglein starren ihr aus den Blättern entgegen. Hannes stößt Grete mit dem Ellenbogen an.

»Na, du, willst du auch was ab?«, lockt er das kleine Wesen mit sanfter Stimme.

»Kakadu mit Rübenpapp!«, tönt es da. Hannes und Grete reißen die Augen auf. Das ist also das seltsame Echo!

»Nicht bewegen!«, zischt Grete. Ganz langsam und vorsichtig krümelt sie etwas von ihrem Müsliriegel auf den Waldboden. Und schon flitzt ein rotbrauner Schatten aus dem Holunderstrauch und greift danach.

»Ein Eichhörnchen«, entfährt es Hannes leise.

»Wohl eher ein *Schimpfhörnchen!*«, kichert Grete.

Schnell zerbröselt sie auch noch den restlichen Riegel. Ein zweites Hörnchen traut sich schnüffelnd heraus. Und noch eins! Es werden immer mehr! Quiekend und keckernd machen sie sich über die Krümel her. Grete und Hannes hocken sich ganz still hin und beobachten sie. Zuerst sind die Nager noch vorsichtig. Als sie aber merken, dass ihnen keine Gefahr droht, werden sie mutiger.

Grete hält den Atem an, als eins der Hörnchen auf ihren Arm klettert. »He, schau mal!«, kichert sie.

Doch Hannes hebt nur hilflos die Schultern. Auf seinem Kopf haben es sich gleich drei der Tierchen gemütlich gemacht. Das sieht so lustig aus! Grete prustet los. Mit schräg gelegtem Kopf sieht das Hörnchen sie an und gibt etwas von sich, das wie »Wanzenfloh« klingt.

»Runzelpo«, antwortet Grete automatisch.

Das Schimpfhörnchen kichert und hüpft auf und ab.

»Semmelbacke!«, quiekt eins der Hörnchen auf Hannes' Kopf.

»Ähm … Schrumpelkacke?«, rät Hannes.

Die Schimpfhörnchen kringeln sich vor Lachen.

Als beide Müsliriegel verputzt sind, verschwinden sie eins nach dem anderen wieder im Gebüsch.

»Zu schade! Stell dir vor, wir hätten so eins als Haustier!«, schwärmt Grete.

Die Kinder gehen schließlich weiter. Die Rufe aus den Bäumen werden leiser und leiser, bis schließlich nur noch Vogelgezwitscher zu hören ist. Plötzlich kitzelt Grete etwas an der Nase.

»Was ist das denn?«, wundert sie sich. Eine glitzernde Brise weht durch die Luft! Auf dem Waldboden hinterlässt sie eine glimmernde Spur.

»Grete! Sieh mal da!«, hört sie Hannes' Stimme in diesem Moment.

»Ich weiß schon! Hier ist überall so komischer Glitzer!«

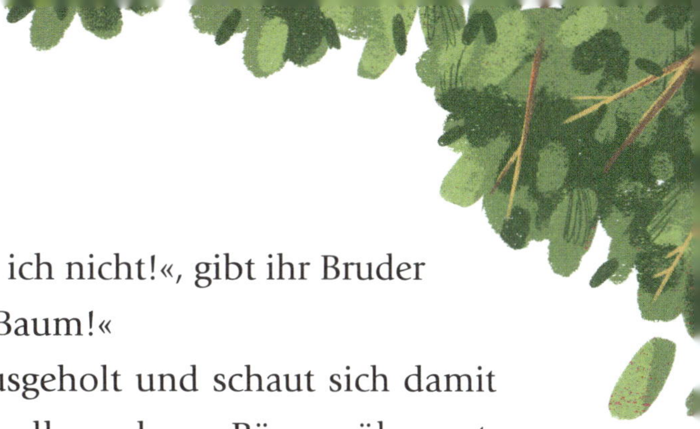

»Was für ein Glitzer? Das meine ich nicht!«, gibt ihr Bruder zurück. »Sieh doch, dieser riesige Baum!«

Hannes hat sein Fernglas herausgeholt und schaut sich damit eine gigantische Kastanie an, die alle anderen Bäume überragt. Dann reicht er das Fernglas an Grete weiter.

»Seltsam, was hängt denn da in den Zweigen?«, haucht sie.

Die verschlungenen Äste sind reich geschmückt mit bunten und blitzenden Dingen, ganz verwunschen sieht das aus.

Du entscheidest, wo's langgeht!

Möchtest du wissen, woher die Glitzerspur kommt?
Dann folge Grete und Hannes auf S. 84
⟶ **Im Glitzerhain**

Möchtest du wissen, was es mit dem geschmückten Baum
auf sich hat? Dann begleite die Abenteurer auf S. 66
⟶ **Die klingende Kastanie**

Die Quelle der Weisheit

Hannes und Grete blicken sich um. Vor ihnen wird der Wald lichter. Statt Bäumen gibt es bald nur noch klobige Felsen und dichtes Heidekraut. Da raschelt es wieder – vor ihnen im Gras.

»Ach, das sind Eidechsen!«, ruft Grete und deutet auf die vielen bunten Farbkleckse, die sich auf den Felsen sonnen.

Aber dann fällt ihr Blick auf eine dichte Wand aus Rosenranken, die vor ihnen den Weg versperrt. Wie ein Gittertor sieht das aus.

»Schau mal, da ist ein Schild!«, ruft Hannes und deutet auf einen Wegweiser. »Zur Quelle der Weisheit!«, liest er vor.

Grete reißt begeistert die Augen auf. »Hannes, wenn diese Quelle so weise ist, dann weiß sie vielleicht auch, wo der Räuberschatz ist! Wir müssen sie fragen! Aber wie kommen wir nur durch das Tor?«

Da fällt Hannes eine Glocke mit einer Schnur auf, die von einer Ranke herunterhängt.

Grete nimmt all ihren Mut zusammen und zieht daran: »Bimelime-lim!«

Es raschelt, dann erscheint eine kleine Gestalt oben auf dem Rankentor.

»Willkommen im Labyrinth der Gnome!«, sagt sie etwas nervös und streicht durch ihren gewaltigen Rauschebart. »Los, Rosi, du schaffst das!«, murmelt sie leise zu sich selbst. Dann gibt sie sich einen Ruck und ruft: »Wanderer, der du suchst die geheime Quelle, lös das Rätsel und tritt über die Schwelle!«

Hannes und Grete sehen sich erstaunt an. Was für ein Rätsel soll das denn sein? Da beginnt die Gnomin wieder zu sprechen.

»Es war einmal ein goldenes Schloss,
drin lebte kein Drache, kein Ritter, kein Ross –
weder ein Prinz und noch nicht mal ein Schwein.
Doch frage ich euch: Wer gehört dort hinein?
Fällt es euch ein? Dann kommt doch herein!«

Die Gnomin verschränkt die Hände hinter dem Rücken und sieht die beiden erwartungsvoll an.

»Lass mich mal überlegen.« Hannes denkt angestrengt nach. »Wir suchen jemanden, der in einem Schloss wohnt …«

»Eine Königin?«, fragt Grete.

Die Gnomin schüttelt den Kopf.

»Dann ein König?«, vermutet Hannes.

Wieder ein Kopfschütteln.

»Ein Geist?«

Die Kinder raten eine Weile, bis sie schließlich alles durcheinanderrufen, was ihnen einfällt.

»Ein Reh! Ein Grottenolm!«

»Ein Elefant!«

»Ein Wal!«

Doch die Gnomin seufzt nur leise und sagt:

»Ein Tipp für euch – gesucht wird kein Wal.
Ihr liegt total falsch, es ist eine Qual!
Es ist kein Tier und hat keinen Rüssel,
das Ding, das ihr sucht, ist ganz einfach ein …«

»… ein Schlüssel!«, rufen Hannes und Grete wie aus einem Mund und klatschen lachend ein.

Da lacht auch die Gnomin und applaudiert begeistert.

Wie durch Zauberhand biegen sich die Ranken zur Seite und geben einen Durchgang frei.

»Vielen Dank, Frau Gnomin!«, jubeln die Geschwister.

Hannes und Grete folgen der kleinen Gestalt zu einem runden Platz. Unzählige von Hecken gesäumte Wege gehen davon ab.

»Und wohin jetzt?«, fragt Grete.

Da ertönt wieder die Stimme der Gnomin:

»Den Weg müsst ihr alleine finden,
da hilft kein Klagen und kein Winden.
Nur wenn alles richtig steht …«

Plötzlich kommt die Gnomin ins Stocken. Sie scheint den Faden verloren zu haben. Nervös blickt sie zu einem Busch hinüber, der nicht weit entfernt steht.

»Rosi, zum tausendsten Mal, lern endlich deinen Text!«, wispert es aus den Zweigen. »*Findet ihr* …«

»Ach ja, danke!«, flüstert die Gnomin erleichtert zurück und wiederholt:

»Nur wenn alles richtig steht, findet ihr den rechten Weg …«

Mit einem Satz springt sie nun in den Busch, aus dem das Flüstern gekommen ist. Ein Kichern ertönt, dann Stimmen, die vor Lachen kaum zu verstehen sind.

»Hihihi … wie die gucken …«

»Los, auf eure Posten!«

Der Busch raschelt, dann ist es wieder still.

»Hey, du kannst doch nicht einfach abhauen!«, ruft Grete der Gnomin nach. »Wo ist denn jetzt diese Quelle der Weisheit?«

»Wahrscheinlich am anderen Ende des Labyrinths«, vermutet Hannes. »Bloß – wie kommen wir dorthin?«

Schließlich laufen sie einfach los. Der Pfad schlängelt sich um viele Felsen und Büsche. Hinter den Geschwistern ist ständig Fußtrippeln und Lachen zu hören, aber es lässt sich niemand blicken. Zwischendurch macht Grete für Hannes Räuberleiter, damit er über die Hecken spähen kann. Doch obwohl Hannes die Pfade gut überblicken kann, gelangen die Kinder ständig in Sackgassen.

»Der Busch stand hier eben noch nicht, ganz sicher!« Anklagend zeigt Hannes auf ein Gewächs mit satten Blättern, das ihnen den Weg versperrt. Da zittert der Busch und sie hören ein leises *Gnihihihi*. Kurzerhand packt Grete den Busch und hebt ihn mit einem Ruck hoch.

Drei Gnome blicken sie frech grinsend an und huschen dann schleunigst davon.

»Wusste ich's doch!«, sagt Grete. »Diese Witzbolde verändern die Wege. Deshalb kommen wir nicht weiter. Sie bewegen einfach die Büsche!«

Sie zeigt auf den umgedrehten Busch. »Schau mal, der ist gar nicht echt. Der hat keine Wurzeln und ist innen hohl!«

»Ich hab eine Idee!«, flüstert Hannes da. »Wir machen es den

Gnomen einfach nach! Wir verkleiden uns auch als Busch und schleichen durchs Labyrinth.«

»Genial, Hannes!«, lacht Grete. »So verlieren die Gnome uns aus den Augen, und wir können in Ruhe den Weg zur Quelle der Weisheit suchen!«

Bald haben sie zwei passende Büsche gefunden.

»Wir müssen uns nur ganz klein machen und aufpassen, dass die Füße nicht rausschauen«, kichert Grete und schlüpft neben Hannes in ihr grünes Kostüm aus Blättern.

Die Geschwister machen sich einen richtigen Spaß daraus, die Gnome zu verwirren. Das Kichern und Lachen, das sie ständig begleitet hat, weicht bald ärgerlichem Rufen und Gezanke.

Nach einer Weile ertappen die Geschwister Rosi und drei ihrer Kumpanen dabei, wie sie sich gegenseitig auf die Schultern klettern, um über eine Hecke zu spähen.

»Hey, ihr!«, ruft Grete. »Zeit, die Spielchen zu beenden!«

Die Gnome purzeln erschrocken durcheinander.

»Okay, ihr habt uns enttarnt«, sagt Rosi schuldbewusst.

»War echt gemein von euch, die Wege zu verändern!«, fügt ein anderer Gnom hinzu.

»Von euch aber auch!«, grinst Hannes.

Nun müssen auch die Gnome grinsen. Sie wechseln ein paar Blicke und nicken.

Kurze Zeit später wandern Grete und Hannes mit je zwei Gnomen auf ihren Schultern durch das Labyrinth. Gemeinsam stellen sie alle Büsche zur Seite und finden so ganz leicht den Weg. Das fröhliche Plätschern der Quelle ist schon von Weitem zu hören. Endlich stehen sie vor einem kleinen Wasserrinnsal, das zwischen ein paar Felsen hervorsprudelt.

»Wir haben es geschafft!«, freuen sich Hannes und Grete und setzen ihre kleinen Helfer vorsichtig ab.

»Das ist also die Quelle der Weisheit«, haucht Hannes ehrfürchtig.

»Und wie stellen wir der Quelle jetzt unsere Fragen zum Räuberschatz?« Grete blickt die Gnome erwartungsvoll an.

Doch die beginnen plötzlich laut zu lachen. »Die heißt doch nur so. Sie ist nicht weise, nur eine ganz normale Quelle! Die kann man nichts fragen!«, quieken sie.

»Ihr Witzbolde!«, lacht Grete und spritzt Rosi einen Schwall Quellwasser ins Gesicht.

Eine wilde Wasserschlacht beginnt, bei der weder die Gnome noch die Kinder verschont bleiben.

Plötzlich ist aus der Ferne ein Klingeln zu hören. Hannes und Grete schauen sich an.

»Neue Besucher!«, rufen ihre neuen Freunde. Aufgeregt wuseln sie durcheinander. »Wir müssen zurück zum Eingangstor! Bis zum nächsten Mal!«

Damit laufen sie winkend davon.

Hannes und Grete setzen sich ans Ufer und lassen ihre Kleidung in der Sonne trocknen.

»Der Weg führt hier hinab«, sagt Hannes schließlich und zeigt mit dem Finger auf einen Pfad: »Ist das da unten ein See?« Er kneift die Augen zusammen. »Vielleicht ist dort das Seeungeheuer, von dem Oma erzählt hat!?«

Doch die Bäume stehen so dicht, dass man es nicht richtig erkennen kann.

Grete zeigt auf einen überwucherten Weg, der zwischen den Bäumen verschwindet. »Lass uns lieber dort langgehen! Dieser Weg ist bestimmt seit hundert Jahren nicht mehr benutzt worden. Vielleicht finden wir den Räuberschatz!«

Du entscheidest, wie es für Grete und Hannes weitergeht. Es liegt ganz bei dir!

Möchtest du mit ihnen den See erforschen?
Dann blättere auf S. 74 ⟶ **Der grüne See**

Oder hat der überwucherte Weg deine Neugier geweckt?
Dann geht es für dich auf S. 94 weiter ⟶ **Die Burgruine**

Der Nebelsee

»Die sind bestimmt verliebt!«, kichert Hannes, als sie bei den Bäumen angekommen sind.

Die Stämme der beiden knorrigen Eichen sind eng ineinander verschlungen und formen dabei so etwas wie ein Tor. Die Kinder halten den Atem an. Was wird sie auf der anderen Seite erwarten? Gespannt schlüpfen sie durch das Baumtor hindurch. Zuerst bemerken sie keine Veränderung. Doch nach einer Weile fällt Grete etwas auf: »Findest du nicht auch, dass es hier auf einmal ziemlich dunstig ist?«, flüstert sie.

Hannes blickt sich um. Nebelschwaden sind aufgezogen. Je weiter er seinen Blick wandern lässt, desto milchiger und schemenhafter sieht alles aus.

»Du hast recht!«, flüstert er zurück. »Da zieht eine dicke Nebelsuppe auf! Lass uns besser schnell weitergehen.«

Mit jedem Schritt scheint der Nebel dichter zu werden. Er steigt vom Boden auf und schwappt um ihre Füße, als würden sie durch Suppe waten.

»Hey, nicht schubsen!«, beschwert sich Hannes.

»Ich habe dich überhaupt nicht geschubst!«, gibt Grete zurück.

»Hast du wohl!!«

»Hab ich nicht!« Grete stapft einfach weiter. Da zupft etwas an ihrer Kapuze.

»Hey, zieh nicht an mir!«, ruft sie, doch diesmal ist es Hannes, der alles abstreitet. Grete glaubt ihm kein Wort. Plötzlich stolpert Hannes und rudert wild mit den Armen. In letzter Sekunde fängt Grete ihn auf.

»Oje, hast du dir wehgetan?«, fragt sie besorgt.

»Geht schon, danke!« Hannes wedelt den Nebel fort und deutet auf seine Schuhe. »Jemand hat meine Schnürsenkel zusammengebunden!«, sagt er verdutzt.

»Während dem Laufen? Wie kann das denn sein?«, fragt Grete.

Die Geschwister schauen sich um. Irgendetwas stimmt hier nicht!

Da kommt Grete ein Gedanke. »Schubsen, Schnürsenkel zusammenbinden … das ist ja wie auf dem Pausenhof, wenn jemand Streiche spielt.«

Hannes nickt. »Ich glaub auch. Da macht sich jemand über uns lustig! Aber pass auf, ich habe eine Idee.« Er bleibt stehen, als ob er auf etwas warten würde. Und tatsächlich: Kurz darauf spürt er ein Tippen an der Schulter. Blitzschnell dreht er sich um und kann gerade noch einen milchigweißen Schatten erkennen. Wie ein Tentakel sieht er aus!

»Ha!«, ruft Hannes laut und blickt schnell in alle Richtungen. Was war das und wohin ist es so schnell verschwunden? Mit beiden Händen wedelt Hannes in der Luft herum, damit sich die milchige Suppe lichtet. Ohne es zu bemerken, verursacht er damit Nebelwellen, die zu Grete hinüberschwappen. Sie quiekt protestierend.

Hannes blickt auf und bricht in schallendes Gelächter aus. »D-Du hast einen Ba-a-art!«, japst er. Und tatsächlich, der Nebel hat einen langen Rauschebart an Gretes Kinn gebildet.

Grete schaut an sich hinunter und muss ebenfalls lachen. Das lässt sie nicht auf sich sitzen! Und schwapp, bekommt auch Hannes eine Nebelwelle ins Gesicht.

»Wie seh ich aus?«, will er wissen und springt aufgeregt auf und ab.

Grete lacht so heftig, dass sie nach Luft schnappen muss. Hannes hat einen langen, gezwirbelten Schnurrbart! Schnell kramt sie die Sofortbildkamera aus ihrem Rucksack.

»Ich sehe aus wie ein Zirkusdirektor!«, johlt Hannes begeistert, als das Foto aus dem Apparat surrt. Er versucht, nach dem Schnurrbart zu tasten. Der hat sich aber leider schon wieder in Luft aufgelöst.

Ein kraftvoller Nebel-Wedler und Hannes' Kopf ziert eine kunstvolle Turmfrisur. Daraufhin verpasst Hannes Grete ein prachtvolles Geweih und Segelohren.

Prustend und kichernd schießen sie ein Foto nach dem anderen.

»Psst!«, sagt Hannes auf einmal. »Hörst du das auch?«

Grete lauscht aufmerksam. »Klingt wie ein Mini-Nilpferd mit Schluckauf.«

Vorsichtig folgen sie dem Geräusch bis zu einer Senke, die aussieht wie ein kleiner Nebelsee.

Darin bewegt sich etwas … Hannes und Grete trauen ihren Augen nicht.

»Wow! Ein riesiger Nebelkrake!«, haucht Grete und bekommt ein bisschen Gänsehaut.

Hannes hat es gleich ganz die Sprache verschlagen.

»Hi-hi-hi, ihr habt mich gefunden!«, lacht der Krake und freut sich, als er die Geschwister erspäht. Seine Stimme quiekt lustig beim Sprechen.

»Ihr zwei seid der Brüller, wisst ihr das? So viel Spaß hatte ich schon seit hundert Jahren nicht mehr!«

»Aha! DU warst das mit den Schnürsenkeln und den Streichen!«, unterbricht ihn Grete.

»Jaa! Das war super, oder? Und die Bärte erst!« Der Krake lacht glucksend in sich hinein.

Grete und Hannes grinsen jetzt auch.

»Ihr könnt euch gar nicht vorstellen, wie langweilig es hier sonst immer ist. Dauernd nur Steine und Bäume vernebeln oder über Waldwiesen hängen. Suuuperöde ist das, sag ich euch. Ich wünschte, ihr könntet jeden Tag vorbeikommen«, seufzt der Krake.

Plötzlich tut er den Geschwistern ein bisschen leid.

Hannes fällt etwas ein. Er zieht die Fotos hervor, die sie vorhin geschossen haben, und hält sie dem Kraken hin. »Schau mal, damit kannst du jeden Tag über uns lachen.«

Vor Freude wird der Krake leicht rosa und kann gar nicht aufhören, Hannes und Grete mit ihren verrückten Nebelfrisuren und Bärten zu betrachten.

In jedem seiner Tentakel hält er eines der Bilder und strahlt über das ganze Gesicht.

»Das ist das schönste Geschenk, das ich JEMALS bekommen habe!«, sagt er ganz gerührt.

»Kann ich euch auch eine Freude machen?«

»Klar kannst du das!«, ruft Grete mit leuchtenden Augen. »Wir wollen so gerne das Seeungeheuer sehen! Weißt du, wo es lebt?«

Hannes stupst Grete in die Seite. »Frag ihn lieber, ob er etwas über den Glitzerschatten weiß!«

In diesem Moment schiebt sich die Sonne durch die Wolken und schickt ihre warmen Strahlen hinunter in den Wald.

»Oh-oh, gleich bin ich weg!«, verkündet der Nebelkrake. »Sonnenlicht vertrage ich ganz und gar nicht!« Und tatsächlich wird er im hellen Licht immer blasser und blasser.

»Folgt einfach dem ...«, können Grete und Hannes noch verstehen, dann ist der Nebelkrake mitsamt dem Nebelsee verschwunden.

»Wie weggezaubert!«, staunt Hannes.

»Ausgerechnet jetzt!«, jammert Grete. »Aber ich glaube, der Krake hat mit seinen Tentakeln dort hinüber gezeigt. »Vielleicht meinte er: Folgt dem Weg bergab? Da könnte der See sein!«

»Aber genickt hat er in die andere Richtung!«, hält Hannes dagegen. Und deutet auf einen Pfad, der aus der Senke herausführt. In der Sonne scheint der Weg zu glitzern und zu funkeln. »Vielleicht meinte er: Folgt dem Glitzern.«

Was meinst du?

Möchtest du dem Glitzern folgen?
Grete und Hannes erwarten dich auf S. 84
⟶ Im Glitzerhain

Möchtest du den Weg bergab gehen?
Dann geht das Abenteuer geht auf S. 74 für dich weiter
⟶ Der grüne See

Höhlenzauber

Das Rauschen kommt tatsächlich von einem Wasserfall, der donnernd eine Felswand herabstürzt. Grete legt den Kopf schief. »Keine Ahnung, ob dahinter eine Höhle ist«, flüstert sie.

Mit zusammengekniffenen Augen versucht auch Hannes durch den Wasserschleier zu spähen. Nur ein paar Meter trennen die Geschwister von der Wasserwand.

»Schau nach, dann wissen wir es!«, sagt er und blickt seine Schwester herausfordernd an. Aber Grete lacht: »Mach doch selbst!«

Hannes tritt unruhig von einem Bein auf das andere. Soll er es wagen? Unter Gretes anfeuernden Rufen hüpft er auf einen Stein, der aus dem Fluss ragt. Dann schließt er die Augen und macht einen großen Schritt.

Als er seinen Fuß direkt auf den Vorsprung unter dem Wasserfall setzt, prasselt das Wasser nur so auf ihn herab. Der Boden ist ganz glitschig. Seine Füße rutschen weg, und er vollführt einen kleinen, verzweifelten Tanz. Dann hat er es geschafft!

»Hier ist wirklich eine Höhle, Grete!«, ruft er begeistert. »Komm auch rein!«

Grete zögert keine Sekunde. Mit einem kräftigen Sprung segelt sie direkt durch das herabströmende Wasser und landet wohlbehalten neben Hannes im Trockenen.

»Das war ganz schön mutig von dir!«, sagt Grete beeindruckt. Hannes grinst breit.

Sie stehen in einem felsigen Hohlraum. Vom steinigen Boden unter ihren Füßen geht eine angenehme Wärme aus.

»Fußbodenheizung, wie praktisch«, freut sich Hannes. Da trocknen wir wenigstens schnell!«

Er zieht etwas aus seiner Tasche.

»Tadaaa! Wusste ich's doch, dass wir die Taschenlampe gebrauchen können!«

»Super! Dann leuchte mal in die Ecke dort! Das ist sooo aufregend!«, flüstert Grete.

Auf einmal trifft der Strahl der Taschenlampe auf einen klobigen Gegenstand.

»Eine Schatztruhe!«, brüllt Grete und flitzt voraus. »Fehlalarm«, stößt sie dann hervor. »Das ist doch kein Schatz!«

Statt auf eine Truhe blicken die beiden auf ein Schild. In das verwitterte Holz sind seltsame Zeichen eingeritzt.

»Erkennst du vielleicht, was das darstellen soll?« Grete kratzt sich am Kopf.

»Vielleicht eine Taschenlampe?«, antwortet Hannes. »Und das andere Zeichen ist ein Mund! Nur warum sind sie durchgestrichen?«

Grete überlegt. »Na, weil sie verboten sind!«

Hannes nickt. »Stimmt, dann heißt das wahrscheinlich: Licht aus und Ruhe! Und was passiert dann?«

Mit klopfenden Herzen schauen sie sich an. Das müssen sie wohl einfach ausprobieren.

Grete tastet nach Hannes' Hand. Mit einem lauten »Klick« schaltet er die Taschenlampe aus. Nach und nach gewöhnen sich ihre Augen an die Dunkelheit und sie können ein paar Umrisse erkennen. Über ihnen, an der Höhlendecke, blinken plötzlich kleine Lichtlein auf.

Es werden immer mehr, bis die ganze Decke glitzert und funkelt. Grete und Hannes staunen mit offenem Mund. Das sieht so schön und feierlich aus! Aber es ist nur der Anfang.

Um ihre Füße herum schießen auf einmal Pflanzenstängel in die Höhe. Geräuschlos entfalten sie ihre Blätter und Blüten. Im Halbdunkel erstrahlen sie, als wären sie von innen beleuchtet. Innerhalb weniger Augenblicke stehen Hannes und Grete in einem Meer aus Pflanzen. Überall leuchtet, schimmert und funkelt es in den schönsten Farben.

»Wow!«, ruft Grete begeistert. »Das ist ja WUNDERSCHÖN!«

Ihre Stimme hallt laut zwischen den Felswänden. Auf einen Schlag sind die leuchtenden Pflanzen verschwunden, und es ist wieder stockdunkel.

»Oje …«, flüstert Hannes enttäuscht. »Jetzt wissen wir, warum der Mund auf dem Schild durchgestrichen war. Die Pflanzen sind schüchtern!«

»Tut mir leid«, sagt Grete zerknirscht. »Komm, wir versuchen es noch mal. Und diesmal halte ich auch wirklich den Mund, versprochen!«

Brav pressen die beiden die Lippen zusammen. Und langsam, ganz langsam beginnt es um sie herum wieder zu funkeln und zu leuchten.

Bald stehen die Pflanzen dicht an dicht. Wie bunte Laternen erstrahlen gelbe Blüten unter der Höhlendecke, während nah am Boden strahlend blaue Farne, grün glitzerndes Moos und leuchtende rosa Pilze sprießen.

Wie im Traum bewegen sich die Geschwister tiefer in den Pflanzendschungel hinein.

Immer wieder bleiben sie stehen, um die unzähligen Wunder zu betrachten: einen kleinen Baum, von dessen Ästen grün leuchtende Gurken herabhängen. Oder einen Busch mit blauen Beeren, die abwechselnd hell aufblinken wie Omas Weihnachtsbeleuchtung. Besonders begeistert sind die beiden von einigen rosa getupften Knospen. Im ersten Moment wirken sie ganz normal, aber wenn man sie anstupst, öffnen sie sich und spucken kleine leuchtende Kügelchen, die knisternd und ploppend zerplatzen wie ein kunterbuntes Mini-Feuerwerk.

So geht es eine ganze Weile, bis Grete aufgeregt Handzeichen macht. Hannes versteht nur Bahnhof. Da flüstert Grete so leise sie kann: »Hannes, ich glaube, wir haben uns verlaufen.«

Schlagartig wird es wieder dunkel. Der farbenfrohe Blütenzauber ist erloschen.

»Klick«, schaltet Grete die Taschenlampe wieder ein. In ihrem Lichtstrahl sieht Hannes' Gesicht ganz fahl aus.

»Du hast recht!«, entfährt es ihm erschrocken. »Wo sind wir hier?«

Sie leuchten umher und erkennen, dass sie in einem Tunnel gelandet sind, von dem vier Gänge abzweigen.

»Oje«, seufzt Grete. »Ohne die Leuchtblumen sehen alle Wege gleich aus!«

»Komm, wir machen die Taschenlampe wieder aus«, schlägt Hannes vor. »Mit den Leuchtblumen finden wir bestimmt den Weg zurück.«

Als der funkelnde Dschungel wieder gewachsen ist, halten die beiden angestrengt die Augen offen. Doch nichts um sie herum kommt ihnen bekannt vor.

Erschöpft setzen sie sich schließlich auf einen Felsvorsprung, der von kleinen, weiß leuchtenden Blümchen umgeben ist. Trübe starrt Grete in das Dickicht aus Lichtpflanzen. Aus dem Augenwinkel fällt ihr dabei etwas Seltsames auf. Mit einem Schlag ist sie hellwach und rüttelt Hannes an der Schulter. Sie deutet auf einen Strauch ganz in der Nähe.

Zuerst runzelt ihr Bruder nur verwirrt die Stirn. Aber als er ganz genau hinsieht, ergeben die

Blüten einen Pfeil! Vielleicht ist das ein Wegweiser? Die beiden überlegen nicht lange und stapfen in die Richtung, in die der Pfeil zeigt. Dabei halten sie Ausschau nach weiteren Hinweisen. Und tatsächlich! Auch auf anderen Pflanzen entdecken sie jetzt versteckte Pfeile. Manche befinden sich auf Blättern, andere bestehen aus Moos oder Blüten. Es macht richtig Spaß, danach zu suchen.

Schließlich wachsen die Pflanzen immer spärlicher und ein heller Höhleneingang kommt in Sicht.

Juhu, sie haben es geschafft! Grete und Hannes werfen einen letzten Blick zurück. Die Pflanzen blinken und blitzen, als würden sie ihnen zum Abschied zuwinken.

Die Geschwister winken zurück. Dann treten sie ins Freie.

Dort müssen sie sich erst an das helle Sonnenlicht gewöhnen. Aber das ist doch gar nicht der Eingang, durch den sie in die Höhle gekommen sind! Da sind sich beide sicher. Denn weit und breit können sie keinen Wasserfall entdecken. Dafür sehen sie in einiger Entfernung eine riesige Kastanie emporragen.

»Schau doch nur, Grete! Da hängt so buntes und glänzendes Zeug in den Ästen. Lass uns nachsehen, was das ist!«, schlägt Hannes vor.

Aber Grete hat etwas anderes entdeckt: einen schmalen Pfad ganz in der Nähe, der über und über mit Gras bewachsen ist. »Ob das ein vergessener Räuberpfad ist?«, haucht sie.

Wie geht das Abenteuer weiter?

Willst du nachschauen, was es mit dem geschmückten Baum auf sich hat?

Folge den Geschwistern auf S. 66 ⟶ **Die klingende Kastanie**

Oder möchtest du lieber den Räuberpfad erkunden?

Blättere auf S. 94 ⟶ **Die Burgruine**

Die klingende Kastanie

Der Wind fegt durch die knorrigen Zweige. Als Grete und Hannes zwischen die Bäume treten, hören sie ein leises Klingeln und Klirren. Schließlich erreichen sie eine sonnenbeschienene Lichtung, in deren Mitte eine riesige Kastanie wächst. Hoch ragen ihre verdrehten Äste in den Himmel. Vorsichtig nähern sich die Kinder dem seltsamen Baum. In den Zweigen entdecken sie silberne Löffel, bunte Haargummis, glänzende Flaschendeckel und vieles mehr.

»Wer das wohl dort aufgehängt hat?«, wundert sich Grete.

Da fällt Hannes ein Astloch ins Auge, und er späht hinein. »Volltreffer, Grete! Das musst du dir anschauen!«

Der Stamm des Baumes ist innen hohl. Und in diesem Hohlraum scheint sich jemand eine Wohnung eingerichtet zu haben. Grete entdeckt einen kleinen Tisch mit Mini-Stühlen, zwei Bettchen und sogar einen Herd mit winzigen Töpfen. Das sieht total niedlich aus! Aber auch die kleine Wohnung ist über und über mit glänzendem Krempel vollgestopft. »Wer da wohl wohnt?«, fragt sie mit leuchtenden Augen.

Hannes kichert. »Auf jeden Fall jemand, der ziemlich klein ist – und nicht gerne aufräumt!«

»Warte, das ist doch …!« Grete steckt ihren Arm in das Astloch und tastet vorsichtig hinein. »Ha, ich hab's!«

Da ertönt ein dünnes Stimmchen: »Nein, nein, nein, nein!«

Ein kleines Wesen flattert um ihren Arm herum und zerrt an ihrer Jacke. »Weg da, weg da! Was macht ihr in meinem Haus? Husch, husch – verschwindet!«, zirpt es und versucht, Grete mit aller Kraft wegzuschieben.

»Huch, wer bist du denn?«, fragt Grete verwundert.

Erschöpft gibt das Wesen auf. Es sieht aus wie ein winzig kleiner Junge mit vier eleganten Flügeln auf dem Rücken.

»Ein Elf!«, quietscht Hannes. Dann senkt er die Stimme. »Ich bin Hannes und das ist meine Schwester Grete und wie heißt du?«

Der Elf hebt zögernd die Hand. »Hallo, ich heiße Knolle. Seid ihr Diebe von Beruf oder ist das nur euer Hobby?«

»Wir klauen nichts, ehrlich!«, sagt Grete mit Nachdruck. »Aber das hier, das gehört unserem Papa!« Sie öffnet ihre Hand, darin hält sie einen kleinen blauen Knopf.

»Wow! Das ist ja verrückt!«, staunt Hannes. »Das ist ja wirklich der Knopf, den Papa bei unserer Wanderung verloren hat! Wie kommt der denn hierher?«

Der Elf seufzt tief und lässt seine Schultern hängen. »Wenn das so ist, schulde ich euch wohl eine Erklärung.« Auf einmal wirkt er nicht mehr verärgert, sondern schuldbewusst. »Ich rede wirklich nicht gerne darüber. Aber mein Bruder Bolle …«

»Habt ihr meine Sammlung gesehen?«, piepst ein zweiter Elf dazwischen, der noch im Landeanflug auf die alte Kastanie ist. »Wenn euch der Knopf schon so gut gefällt, müsst ihr euch unbedingt die anderen Sachen anschauen. Ich habe sie ganz alleine gefunden!«

Strahlend schwebt er zu ihnen herunter.

»Von wegen *gefunden*, du klaust wie eine Elster!«, grummelt Knolle.

»Aber die Sachen liegen doch einfach so rum«, hält Bolle dagegen und schwirrt aufgeregt vor den Geschwistern auf und ab.

Knolle schüttelt den Kopf. »Dauernd bringt er irgendetwas mit nach Hause«, wendet er sich an Grete und Hannes. »Und ich darf es dann zurückbringen. Wenn ich überhaupt herausfinde, wem er es gemopst hat. Dieser Wirrkopf hier erinnert sich nämlich oft gar nicht mehr daran.«

»DU bist der Knopfdieb, Bolle!«, ruft Grete begeistert.

»Hä?« Die beiden Elfen machen lange Gesichter.

»Na, du bist der Grund, warum in diesem Wald dauernd Sachen verschwinden und dann woanders wieder auftauchen!«, erklärt Hannes. Er erzählt den beiden Elfen von ihrem Picknick im Wald und seinem Taschenmesser.

»Ach, das war *dein* Taschenmesser? Das habe ich schon längst zurückgebracht. Ich habe es in eure Zuckerdose gelegt!«

Knolle mustert seinen Bruder kritisch. »Bolle, was hängt da aus deinem Ärmel?«

Hannes traut seinen Augen nicht. »Das ist doch meine Socke!«, ruft er, als Knolle den bunt geringelten Stoff hervorzieht. Schnell schlüpft Hannes aus seinen Schuhen und tatsächlich – sein rechter Fuß ist barfuß! Wie ist das möglich?

»Bolle ist einfach rasend schnell«, seufzt Knolle wieder. »So schnell kann man gar nicht gucken.«

»Kann ich bitte meine Socke zurückhaben?«, fragt Hannes höflich und wackelt mit den Zehen.

»Das ist keine Socke, das ist meine Zipfelmütze!«, sagt Bolle und setzt sich die Socke schnell auf den Kopf. Sie ist so groß, dass er fast darin verschwindet, was ziemlich lustig aussieht.

Da hat Grete eine Idee. Schnell zupft sie den Schuh vom Fuß des Elfen und stülpt ihn über Hannes' Zeh. »Na, Hannes, wie gefällt dir dein neuer Schuh?«, grinst sie.

»Heey!«, protestiert der Elf und stemmt seine kleinen Ärmchen in die Hüften. »Das ist total gemein! Du hast meinen Schuh geklaut!«

»Siehst du, das fühlt sich gar nicht so gut an!«, sagt Grete und gibt ihm den Schuh wieder zurück. »Warum machst du so was denn überhaupt?«

Da lässt der Elf den Kopf hängen. »Ich mag einfach so gerne bunte und glänzende Sachen. Hier im Wald gibt es nur Steine und Blätter. Das ist langweilig!«

Grete und Hannes blicken sich an. Der Elf tut ihnen jetzt ein bisschen leid.

Hannes überlegt. Dann tastet er an seinem Hals und zieht ein schmales Kettchen hervor. Ein kleiner goldener Delfinanhänger baumelt daran. »Schau mal, den schenke ich dir.«

Bolle macht riesige Augen. »Der ist … für mich? Wirklich? Dann ist das so richtig meine Kette?«

»… wenn du uns versprichst, die geklauten Sachen alle wieder zurückzubringen«, fügt Hannes hinzu.

Bolle drückt den Anhänger fest an sich und fliegt vor Freude ein paar Loopings. »Ich habe noch nie etwas geschenkt bekommen!«, jauchzt er. »Ich verspreche hoch und heilig, dass ich alles aus meiner Sammlung zurückbringen werde! Elfenehrenwort!«

Sein Bruder Knolle zwinkert den Kindern dankbar zu.

»Papa wird Augen machen, wenn wir ihm seinen Knopf zurückgeben«, kichert Grete.

»Wo wir grade von Papa sprechen …«, sagt Hannes. »Ich fürchte, wir müssen uns beeilen, damit wir nicht zu spät zum Abendessen kommen.«

Da es langsam dunkel wird, begleiten Knolle und Bolle die Kinder noch ein Stück durch den Wald, bis Oma Elfies Haus in Sicht kommt. »Vielen Dank, ab hier finden wir den Weg alleine!«, verabschieden sie sich. Knolle und Bolle flattern Hand in Hand und winken ihnen hinterher. Hannes dreht sich noch einmal um.

»Sag mal, Grete, winkt Bolle da mit deinem Schnürsenkel?«

»Dieser kleine Gauner! Aber na ja. Wenigstens habe ich noch meine Socken …«

Als die Sonne gerade hinter den Tannen verschwindet, stehen sie auch schon vor der verwitterten Gartentür. »Oma! Papa! Wir haben das Geheimnis um die verschwundenen Sachen gelüftet!«, rufen sie, während sie auf das Haus zustürmen.

Oma hat kaum die Terrassentür geöffnet, da fliegen Grete und Hannes schon in ihre Arme. »Da seid ihr ja wieder!«, freut sich Elfie und drückt die beiden Abenteurer fest an sich. Auch Papa streckt seinen Kopf ins Wohnzimmer. »Was erzählt ihr da von verschwundenen Sachen? Ihr habt wohl die Zimtschnecken in euren Bäuchen verschwinden lassen!«, witzelt er und wuschelt den beiden durchs Haar.

»Nein, Papa! Schau mal, das haben wir bei den Elfen gefunden!«, erklärt Grete. Und Hannes hält ihm den Knopf unter die Nase.

»Elfen? Jetzt wollt ihr mich aber veräppeln!«, lacht Papa und glaubt ihnen offensichtlich kein Wort. Verwundert betrachtet er den Knopf.

Grete zwinkert Hannes zu. »Hol doch mal die Zuckerdose aus der Küche, Papa!«

Papa runzelt die Stirn, aber er folgt Gretes Aufforderung.

Als er die Zuckerdose wenig später öffnet, traut er seinen Augen nicht. »Wie … wie kommt denn das Taschenmesser da rein?«, stammelt er. »Das Regal ist doch viel zu hoch für euch!«

»Wir sind ja auch keine Elfen mit Flügeln!«, kichern Grete und Hannes.

Da fällt Papa nichts mehr ein. Verwirrt schaut er zwischen den Geschwistern hin und her.

»Oh, jetzt bin ich aber gespannt. Ihr müsst uns alles ganz genau erzählen!«, lacht Oma.

Auf der Terrasse ist der Tisch gedeckt, und ein herrlicher Duft nach Spaghetti mit Tomatensoße liegt in der Luft. Genau das Richtige für große Abenteurer!

An diesem Abend sitzen die vier noch lange unter dem funkelnden Sternenhimmel. Und während Hannes und Grete erzählen, was sie alles Spannendes erlebt haben, kommen Oma und Papa aus dem Staunen gar nicht mehr heraus.

Psst, ja, du bist gemeint! Super gemacht! Mit Grete und Hannes hast du das Rätsel um die Knopfdiebe gelöst.

Es warten noch viele Geheimnisse auf dich. Wenn du mehr Abenteuer erleben möchtest, geh doch morgen noch einmal mit Hannes und Grete in den Wald.

Der grüne See

Der Weg führt sie sanft bergab. Ganz leise können Hannes und Grete Frösche quaken hören, und immer öfter blitzt Wasser hell zwischen den Bäumen hervor. Lachend beginnen sie zu rennen. Als der Weg vor ihnen plötzlich abrupt an einer Felskante endet, kommen sie schlitternd zum Stehen. Knapp zwei Meter unter ihnen liegt eine saftige, grüne Wiese mit dichtem Schilfgras. Dahinter schimmert blau und geheimnisvoll der See in der Nachmittagssonne.

Hannes schaut nach links und nach rechts. »Wie sollen wir da bloß runterkommen? Es gibt nirgendwo einen Weg.«

»Gibt es doch!«, lacht Grete. Sie zieht das Seil aus ihrem Rucksack und macht es mit einem dicken Knoten an einem Baum fest. Dann klettert sie geschickt daran hinunter.

»Gute Idee!« Hannes beginnt, sich vorsichtig hinter Grete abzuseilen.

Das Seil ist ein bisschen zu kurz, aber das macht nichts. Das letzte Stück springen die beiden einfach und landen – PLATSCH! – bis zu den Knöcheln im Wasser.

»Ihhh!«, ruft Grete. »Das ist ja gar keine Wiese, sondern Entengrütze! Hier ist alles voller Algen!«

Platschend und schimpfend waten die beiden durchs Wasser.

Hannes blickt sich um. Zurückklettern können sie nicht, das Ufer ist viel zu steil. Sie sitzen hier unten fest.

Plötzlich macht er einen Satz. »Da war was an meinem Fuß!«

Die beiden sehen sich erschrocken an. Die Entengrütze bewegt sich.

»An meinem auch!«, quietscht Grete. »Nichts wie weg hier!«

Kreischend pflügen die beiden durch den grünen Algen-Teppich. Endlich erreichen sie einen großen umgestürzten Baum, ziehen sich an der glitschigen Rinde hoch und klettern aus dem Tümpel. Während sie wieder zu Atem kommen, glättet sich auch die Wasseroberfläche.

»Wahrscheinlich waren das nur Fische …«, versucht Hannes sich selbst zu beruhigen.

Mit einem Stock schiebt er die grüne Grütze beiseite.

Aus dem Wasser starren ihn zwei große Kulleraugen an. »Ahhhh!«, entfährt es Hannes. Vor Schreck fällt er fast wieder hinein.

Die Wasseroberfläche kräuselt sich und dann erhebt sich ein Kopf, gefolgt von einem langen Hals aus dem sumpfigen Grün. Tropfend schiebt er sich immer weiter nach oben.

Grete wird ganz schwindelig. Eine riesige Seeschlange starrt auf sie herab!

»Hilfe …«, krächzt Grete.

»Hilfe? Wer braucht Hilfe?«, fragt die Seeschlange. Die Kinder trauen ihren Ohren nicht. Die Seeschlange kann sprechen? Das wird ja immer verrückter!

»Vor mir braucht ihr keine Angst zu haben. Ich bin Salomé.« Zur Begrüßung neigt die Seeschlange ihren schuppigen Kopf. »Ihr seid übrigens voll auf mir herumgetrampelt.« Etwas beleidigt hebt sie ihr zerknautschtes Schwanzende aus dem Wasser.

Hannes springt auf. »Es tut uns leid, wir haben dich nicht gesehen! Du musst das Seeungeheuer sein, von dem uns unsere Oma schon so viel erzählt hat!«

»Wirklich, ihr habt schon von mir gehört?«, fragt Salomé überrascht. Ein kleines Lächeln huscht über ihr Gesicht. »Dann seid ihr gekommen, um mich zu retten, stimmt's?«

»Dich zu retten?« Verwundert blickt Hannes zu Grete.

Salomé strahlt die beiden glücklich an. »Ich bin ja so froh, dass ihr gekommen seid!«

Sie erzählt ihnen, dass der Baum, auf dem sie sitzen, vor einigen Tagen umgestürzt ist. »… seitdem bin ich hier im seichten Wasser gefangen und kann mich nicht mal mehr ausstrecken«, beendet sie ihre Geschichte. »Es ist einfach zu eng hier.«

Sie hebt ihren Körper ein wenig aus dem Wasser, der wie eine Ziehharmonika geknickt ist.

Die Geschwister schauen die Seeschlange mitfühlend an.

»Wir werden dich retten!«, sagt Grete mit entschlossener Miene.

»Äh, Grete«, flüstert Hannes und zupft sie am Ärmel. »Wie sollen wir das machen? Wir können den Baumstamm nicht einfach zur Seite räumen.«

»Ich habe schon versucht, den Stamm wegzuschieben oder mich darunter durchzugraben. Aber nichts hat funktioniert!«, seufzt Salomé.

»Wer sagt denn, dass der Baumstamm weg muss?«, antwortet Grete und grinst. »Du springst einfach drüber!«

Salomé verzieht zweifelnd den Mund. »Da gucken überall Äste raus, ich tue mir bestimmt weh.«

»Keine Sorge, das schaffst du!«, sagt Grete beruhigend.

Schließlich nickt Salomé. »Okay, ich versuche es«, sagt sie und taucht unter. Kleine Luftblasen steigen an die Oberfläche, ehe die Seeschlange aus dem Wasser schnellt. Doch kurz bevor sie den Baumstamm erreicht, lässt sie sich zurück ins Wasser plumpsen.

»Ich traue mich nicht«, sagt Salomé.

»Wie wäre es mit ein paar Sprungübungen, um warm zu werden?«, schlägt Hannes vor.

Salomé gibt sich wirklich Mühe, aber sie ist einfach zu lang. »So wird das nichts!«, seufzt sie verzweifelt.

»Moment mal!«, ruft Grete plötzlich. »Ich habe eine Idee! Salomé, du musst deinen Körper wie eine Sprungfeder benutzen!«

Da hellt sich die Miene der Seeschlange auf. Sie schlängelt sich in Position und drückt sich wie eine Feder nach oben. Wasser spritzt auf, und die Kinder werden klatschnass, als Salomé durchs niedrige Wasser hüpft.

»Juhu!«, juchzt sie und will gar nicht mehr aufhören. »Und jetzt seht her!«

Mit ein paar eleganten Hüpfern nimmt sie Anlauf, macht sich ganz klein und schnellt dann über den Baumstamm hinweg. Mit einem dicken Platscher landet sie auf der anderen Seite des Sees.

»Jaa! Du hast es geschafft!«, rufen Hannes und Grete begeistert.

Prustend und lachend taucht Salomé neben ihnen auf. »Endlich wieder Platz!«, strahlt sie. »Und ich habe auch schon eine Idee, wie ich *euch* helfen kann.«

Mit ihrem Körper formt sie kleine Bögen im Wasser. »So kommt ihr ans andere Ufer, ohne nass zu werden«, ermutigt sie die beiden.

Lachend überqueren Grete und Hannes die Schlangenbrücke.

»Ich wünschte, Papa und Oma Elfie könnten das sehen. Das glauben die uns doch nie!«, ruft Grete.

»Ihr könnt ihnen ja die hier zeigen«, schlägt Salomé vor und legt ein paar ihrer wundervollen, in allen Regenbogenfarben schillernden Schuppen vor den Geschwistern ins Ufergras.

Hannes betrachtet die Schuppen begeistert. »Wie wunderschön!«, flüstert er.

»Jetzt muss ich aber wirklich los und meinen Lieblingsmuscheln Hallo sagen. Die werden sich freuen!«, jubelt Salomé. Sie winkt noch ein letztes Mal mit ihrer Schwanzspitze, dann taucht sie ab.

Hannes und Grete können immer noch nicht ganz fassen, dass sie das Seeungeheuer wirklich gefunden haben.

Jetzt aber nichts wie nach Hause! Oma und Papa werden Augen machen, wenn sie die Schuppen sehen!

Nachdem sie aufs Geratewohl verschiedenen Wegen gefolgt sind, kommen sie endlich an eine Stelle, die ihnen bekannt vorkommt. Von dort ist es nicht mehr weit. Das letzte Stück bis zu Oma Elfies Gartenzaun rennen sie.

Als die Sonne gerade untergeht, erreichen sie das Haus und stürmen durch die Terrassentür hinein.

»Papa, du glaubst nicht, was wir …!«, ruft Hannes.

»Oma, das Seeungeheuer!«, ruft Grete dazwischen. »Wir haben es wirklich gefunden!«

»Jetzt kommt doch erst mal herein«, sagt Oma lächelnd. Sie deckt gerade den Tisch, während Papa in der Küche Spiegeleier brät.

Schnell schmeißen Hannes und Grete ihre Taschen aufs Sofa und ziehen ihre Schuhe aus.

»Und jetzt noch mal von vorne«, ermutigt Oma sie. »Ihr seid wirklich dem Seeungeheuer begegnet?«

Hannes kramt in seiner Tasche. »Ja! Salomé heißt es. Und sie ist eine riesige Seeschlange. Schau mal hier …« Enttäuscht bricht er ab. Die Schuppen, die er Oma zeigen wollte, sind grau und stumpf wie alte Blätter.

»Schade!«, ruft Grete. »Vorhin am See sahen die noch ganz anders aus!«

Oma überlegt einen Moment. »Ich glaube, ich habe eine Idee! Am See, sagt ihr?«, fragt sie und verschwindet in der Küche.

Kurze Zeit später kommt sie mit einem großen Einmachglas zurück. Es ist mit Wasser gefüllt.

Hannes hat durchschaut, was Oma vorhat, und nun streckt auch Papa neugierig seine Nase zur Tür herein. Oma stellt das Glas auf den Tisch, direkt unter die Lampe, und lässt die Schuppen vorsichtig ins Wasser gleiten. Sofort beginnen die Schuppen wieder zu glitzern und senden bunte Lichtpunkte in das große Wohnzimmer.

»Die Schuppen müssen nass sein!«, staunt Grete.

»Nur dann leuchten sie«, ergänzt Hannes ehrfürchtig.

»Ach, Kinder! Das ist ja wunderschön!«, sagt Oma ergriffen.

Auch Papa kriegt vor Staunen den Mund nicht mehr zu.

Im Schein der magisch glitzernden Schuppen lauschen die beiden gespannt Gretes und Hannes' Erlebnissen.

Hurra! Du hast Grete und Hannes ganz toll unterstützt und das Seeungeheuer entdeckt. Im Wald der wundersamen Wege warten noch viele andere Geheimnisse auf dich! Wenn du mehr Abenteuer erleben möchtest, geh doch morgen noch einmal mit Hannes und Grete in den Wald!

Im Glitzerhain

Es ist ganz leicht, der funkelnden Spur durch den Wald zu folgen, denn der Glitzerstaub schimmert wunderschön in der Nachmittagssonne. Bald bedeckt er den ganzen Boden und leitet die Geschwister wie ein Pfad aus schimmernden Sternen durch den Wald.

»He, du hast da was an der Nase!«, kichert Grete und stupst Hannes mit einem Zeigefinger voller Glitzerstaub ins Gesicht.

»Bah!«, ruft ihr Bruder und versucht, sich den funkelnden Fleck abzuwischen. »Na warte!«

Hannes beugt sich nach unten, um eine ganze Handvoll Sternenstaub aufzuklauben.

Er verfehlt Grete nur knapp, die hinter einem Baumstamm in Deckung geht. Da fällt Hannes' Blick auf einen Haufen großer runder Kugeln. Sie sehen aus wie glitzernde Schneebälle.

Er hebt eine der Kugeln auf. Sie fühlt sich warm an und etwas bröselig.

»Was ist das denn für ein Ding?!«, flüstert er.

Grete schnappt sich ebenfalls einen der Glitzer-Schneebälle und wirft ihn nach Hannes.

»Treffer!«, jubelt sie.

Hannes kichert. »Das bekommst du zurück!«

KLATSCH! – trifft er Grete an der Stirn. Jetzt aber nichts

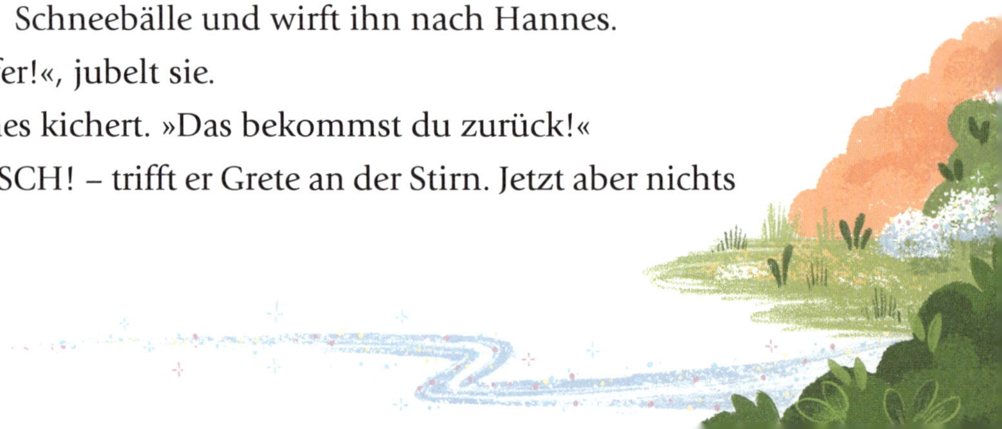

wie weg, bevor Grete zum Gegenangriff übergehen kann! Ein Blick zurück zu seiner Schwester und Hannes' Spurt findet ein plötzliches Ende. Er prallt gegen etwas Felliges und landet unsanft auf dem Po.

»Aua!« Verwundert reibt er sich den Kopf. Als er die Augen öffnet, sieht er einen silbernen Schweif und ein weißes Hinterteil direkt vor sich. Ein Pferd!

»Selber aua«, wiehert es und dreht sich zu ihm um. »Du bist voll in mich reingerannt! Hast du keine Augen im Kopf!?«

»Du … du kannst … sprechen?«, wundert sich Hannes.

Das Pferd schaut ihn durchdringend an, dann niest es laut.

»Wahnsinn, ein sprechendes Pferd?« Grete ist mittlerweile auch herangestürmt und staunt mit offenem Mund. »Hat Hannes dir wehgetan?«

»Ach, schon gut, ich habe mich nur erschreckt.« Das Pferd schüttelt seine Mähne und niest gleich noch einmal. »Ist denn alles in Ordnung bei dir, Hannes?«

»Ja«, lächelt Hannes. »Dein Po ist ja zum Glück ziemlich flauschig.«

»Danke für das Kompliment«, grinst das Pferd. Doch auf einmal verschwindet der belustigte Ausdruck aus seinem Gesicht. Es blickt auf Gretes Hand und die glitzernde Kugel darin.

»Ugh«, schnaubt es angewidert. »Wieso trägst du meinen Apfel durch die Gegend?!«

Grete wird kreidebleich. »Deinen … was?«, fragt sie ungläubig. »Deinen *Pferde*-Apfel?«

Sie lässt die Kugel fallen und wischt sich die Hände an ihrem Pulli ab.

»Wir dachten, das wäre so was wie glitzernder Schnee oder Sternenstaub«, stammelt Hannes.

Das Pferd bricht in schallendes Wiehern aus. Vor Lachen wirft es sich auf den Boden und wälzt sich hin und her. Grete und Hannes stehen bedröppelt daneben und starren sich an. Sie sind voller Glitzer. Nein, voller *Pferdemist*, korrigiert Grete in Gedanken.

Doch auf einmal müssen sie mitlachen.

»Ach, was soll's!«, sagt Hannes. »Das geht auch wieder ab.«

»Schau doch!«, flüstert Grete da.

Jetzt sehen die Kinder das Horn auf der Stirn des Pferdes.

»Ahhh!«, macht Grete. »Du bist ein Einhorn! Deshalb glitzert hier alles!«

»Ganz genau. Aber wisst ihr, ich bin schüchtern, deshalb zeige ich mich nicht jedem.«

Grete und Hannes strahlen.

»Übrigens, Pomino ist mein Name, schön euch kennenzulernen.«

»Es ist uns eine Ehre!«, antwortet Grete.

»Tut mir leid wegen des ganzen Glitzers«, lacht Pomino. »Wir Einhörner sind zu dieser Jahreszeit im Fellwechsel. Wenn ich durchs Unterholz galoppiere, glitzert danach der ganze Wald.«

»Dann bist du also der Glitzerschatten!«, ruft Hannes begeistert.

»Glitzerschatten? Ja, das könnte man so sagen«, stimmt Pomino vergnügt zu. Dann muss er wieder niesen. »Entschuldigt, wenn ich den Glitzerstaub aus meiner Mähne in die Nase bekomme, muss ich immer …!« Er kann den Satz gar nicht zu Ende sprechen, weil er von drei heftigen Niesern geschüttelt wird.

Da kommt Hannes eine Idee. »Darf ich mal?« Vorsichtig greift er in die Einhorn-Mähne und beginnt mit ein paar gekonnten Handgriffen die funkelnden Strähnen zu einem Zopf zu flechten. Als er fertig ist, steckt Grete noch ein paar Blümchen hinein. Wunderschön sieht das aus!

»Das sollte den Glitzerstaub von deiner Nase fernhalten!«, sagt Hannes zufrieden.

Pomino schüttelt vorsichtig seinen Kopf und schielt auf seine Nase. Tatsächlich! Er muss nicht mehr niesen!

»Das ist ja großartig! Danke schön!« Vor Freude vollführt er einen kleinen Tanz.

Grete sammelt einige silbrige Haare vom Boden auf. »Dürfen wir die vielleicht mit nach Hause nehmen?«

»Na klar, wenn's weiter nichts ist!«

»Toll!«, findet Grete und verstaut gleich ein ganzes funkelndes Büschel in Hannes' Brotdose.

»Die Haare nehmen wir mit, sonst glauben Oma und Papa uns doch niemals, dass wir das Geheimnis gelüftet und ein echtes Einhorn getroffen haben!«

»Ach, eure Oma wird da sicher nicht schwer zu überzeugen sein«, schnaubt Pomino belustigt. Hannes und Grete schauen sich verwundert an. »Da fällt mir ein: Was macht ihr überhaupt noch so spät hier draußen? Bald wird es dunkel«, sagt das Einhorn schnell. »Müsst ihr nicht zurück nach Hause?«

»Oh«, sagt Hannes zustimmend. »Weißt du, wir waren so damit beschäftigt, die Geheimnisse des Waldes zu erforschen, dass wir die Zeit wohl ganz vergessen haben.«

»Eines der Geheimnisse habt ihr hiermit gelüftet«, zwinkert Pomino ihnen zu. »Habt ihr vielleicht Lust, aufzusteigen? Dann kommt ihr schneller nach Hause.«

Ein Ritt auf einem echten Einhorn? Wie aufregend! Pomino kniet sich hin, damit die beiden aufsteigen können. Hannes hält sich an der weichen, glitzernden Mähne fest, und Grete schlingt die Arme um ihren Bruder.

»Bereit?«, fragt Pomino.

»Bereit!«, rufen die Geschwister begeistert.

Und während der Himmel sich von Dunkelrot zu Violett färbt, beginnt der wundersame Ritt. Der Wind umspielt ihre Gesichter und verwuschelt ihr Haar. Der Wald rechts und links von ihnen rauscht in grünen Streifen an ihnen vorbei. In ihren Bäuchen kribbelt es wie wild. Das ist tausendmal besser als Fahrrad fahren und rodeln zusammen! Hinter ihnen weht ein funkelnder Schleier aus Glitzerstaub durch die Luft.

Aus vollem Galopp bremst Pomino schließlich direkt vor Omas Gartenpforte ab.

»Ihr seid zu Hause, Kinder!«, wiehert er.

Als die Terrassentür aufgeht und Oma und Papa den Kindern entgegenkommen, bäumt sich Pomino noch einmal auf. Sein Horn blitzt in der untergehenden Sonne. Dann galoppiert er zurück in den Wald.

»War das da gerade ein Pferd? Und hatte das Pferd ein … Horn?!«, fragt Papa verwundert.

»Das war kein Pferd, sondern ein Einhorn!«, rufen Grete und Hannes wie aus einem Mund.

Papa schüttelt ungläubig den Kopf. Er scheint gar nichts mehr zu verstehen.

Oma Elfie lächelt verschmitzt.

»Na, wie war der Ritt auf meinem alten Freund?«, flüstert sie den beiden zu.

Grete und Hannes staunen. Sie umarmen erst Oma und stürzen sich dann in Papas Arme, der immer noch ganz verdattert schaut.

»Pferde glitzern doch nicht so …«, stammelt er.

»Einhörner schon!«, lacht Grete. »Und wartet, bis ihr hört, was wir sonst noch erlebt haben!«

Oma betrachtet die Geschwister liebevoll. »Am besten, ich mache uns eine große Kanne Kakao und ein paar Käsebrote und ihr erzählt uns alles, was passiert ist.«

Im Wohnzimmer lässt Papa sich in den großen Ohrensessel fallen. »Ein Einhorn … das glaubt mir doch kein Mensch …«, murmelt er vor sich hin.

»Wir glauben dir«, sagt Grete und lächelt. Dann holt sie die Brotdose mit den Einhorn-Haaren hervor und reicht sie ihrem Papa.

»Damit du dir selbst glaubst«, fügt Hannes lachend hinzu. Dann wendet er sich an Oma Elfie.

»Oma, jetzt sag mal … wie kommt es, dass Pomino ein Freund von dir ist?«

»Ach, ihr zwei!«, schmunzelt Elfie. »Das ist eine lange Geschichte. Aber erst einmal wollen wir jetzt eure erfahren.«

Die vier sitzen noch lange auf der Terrasse. Und während das Zirpen der Grillen die warme Sommernacht erfüllt und eine Spur aus Glitzerstaub über Omas Garten schwebt, erzählen Grete und Hannes mit leuchtenden Augen von ihren Abenteuern.

Prima, du hast mit Grete und Hannes ein Wald-Geheimnis gelüftet! Der Glitzerschatten ist in Wirklichkeit ein Einhorn!

Willst du auch wissen, was hinter den anderen Geheimnissen steckt? Dann geh doch morgen noch einmal mit Hannes und Grete los!

Die Burgruine

Das Gras wächst sehr hoch und kitzelt sie an den Armen.

»Hier ist bestimmt ewig niemand mehr langgekommen!«, kichert Hannes.

»Sieht ganz so aus!«, lacht Grete.

Plötzlich bleibt sie stehen. Sie hat etwas Ungewöhnliches entdeckt. Direkt vor ihnen auf dem Weg schwankt ein Grasbüschel im Wind. Eigentlich unterscheidet es sich kaum von den anderen. Nur trägt dieses hier eine goldene Krone! Sie funkelt im Sonnenlicht.

»Ist das vielleicht ein Gras-König?«, flüstert Hannes und kneift seine Schwester vor Aufregung in den Arm. »Ich glaube, die Krone ist echt!«

Grete stupst das Büschel vorsichtig an. Dann greift sie mutig in die Halme und zieht die Krone heraus. »Schau mal«, strahlt sie und probiert die Krone gleich an. »Ich bin eine Königin!« Sie schreitet majestätisch auf und ab und winkt den Bäumen am Wegesrand vornehm zu.

»Ich möchte auch eine Königin sein!«, ruft Hannes und versucht, die Krone von Gretes Kopf zu angeln. Aber Grete beachtet ihn gar nicht.

»Sieh mal!«, ruft sie stattdessen und deutet auf eine verwitterte Steinmauer, die nicht weit entfernt zwischen ein

paar Büschen hervorlugt. Weiß blühende Heckenrosen ranken an ihr empor. Als sie näher treten, erkennen sie, dass hinter der Mauer eine verfallene Burg liegt.

»Wow! Genau wie bei Dornröschen!«, staunt Grete und blickt sich begeistert um.

Da ertönt eine fröhliche Stimme: »Wie lustig, ihr habt auch so eine tolle Krone wie ich!«

Die Geschwister erstarren. Direkt über Grete schwebt eine durchsichtige Gestalt und stupst begeistert mit dem Finger an die Krone auf ihrem Kopf.

»Ein Gespenst!«, haucht Grete, und auch Hannes macht große Augen.

Das Gespenst ist rund und knubbelig und sieht ein bisschen so aus, als würde es aus weicher Zuckerwatte bestehen.

»Guten Tag, ich bin Wendelin von Burg Räuberstein«, stellt es sich vor. »So ein Zufall! Unsere Kronen sehen wirklich ganz genau gleich aus! Seht ihr?!«

Strahlend deutet es auf seinen Kopf.

»Äh … das ist eine wirklich schöne Pfanne«, sagt Hannes höflich.

Wendelin tastet verwirrt nach seiner Kopfbedeckung. »Hä, wie kann das sein?« Plötzlich hellt sich seine Miene auf. »Ach, hier steckt meine Pfanne! Dann wird meine Krone bestimmt noch in der Schatztruhe sein! Mein Schatz ist der schönste der Welt! Ihr müsst ihn euch ansehen.«

Hannes und Grete sehen sich begeistert an. Staunend folgen sie Wendelin durch einen kleinen Spalt in der Mauer.

»Diese Burg wurde vor Hunderten von Jahren von Räuberkönigin Filiberta erbaut«, erklärt Wendelin stolz und führt die Geschwister durch einen großen Torbogen.

»Echte Räuber! Genau wie Oma erzählt hat!«, flüstert Grete aufgeregt.

»Das ist der Burghof. Viele wilde Feste wurden hier gefeiert – bis Filiberta und ihre Räuberbande eines Tages weiterzogen.«

Durch eine schwere Holztür gelangen die drei ins Innere der Burg. Dort erreichen sie schließlich eine Kammer. Im Halbdunkel können Grete und Hannes eine große Truhe aus grobem, schwarzem Holz erkennen.

Wendelin schwebt ganz nah heran. »Gleich werdet ihr Augen machen!«, gluckst er aufgeregt. Die Scharniere knarzen, als er mit lautem »Tadaaa!« den Deckel öffnet. Dann erstarrt er mitten in der Bewegung. Die Truhe ist leer.

»Räuber! Diebe!«, heult er verzweifelt auf.

Hannes und Grete spähen in die Truhe. Tatsächlich, die Truhe ist leer!

»Du meinst, dein Schatz wurde gestohlen?«, fragt Grete verwirrt.

»Filiberta hat mir die Truhe anvertraut, als sie weitergezogen ist. Ich sollte für sie darauf achtgeben! Und jetzt … einfach weg … alles geklaut …«

Hannes ist richtig empört über so eine Gemeinheit. »Mach dir keine Sorgen, wir erwischen die Diebe!«

»Genau!«, bekräftigt Grete. »Hannes, lass uns nach Spuren suchen!«

»Ach, bin ich froh, dass ihr mir helft«, seufzt das Gespenst ergriffen.

»Ist doch Ehrensache, wir sind heute sowieso auf Schatzsuche!«, grinst Hannes und schaut sich aufmerksam um. Außer der Truhe steht ein langer, schwerer Holztisch im Raum. An der Wand lehnt krumm und schief eine Ritterrüstung.

»Wow, wie cool die ist!«, haucht Grete.

Aber Hannes kneift nachdenklich die Augen zusammen. »Sag mal, … gehört das da vielleicht zu deinem Schatz?«, fragt er und deutet auf etwas Funkelndes oben an der Rüstung.

»Oh ja!«, freut sich Wendelin. »Mit der Perlenkette aus dem Schatz habe ich den Helm festgebunden. Sonst stünde der arme Ritter Tom hier ohne Kopf da!«

»Und was ist damit?«, meldet sich Grete und zeigt auf den Tisch, der an einer Seite von einem juwelenbesetzten Schwert gestützt wird.

»Ach ja, jetzt fällt es mir wieder ein! Ein paar Gnome haben das Tischbein dringend gebraucht, da habe ich es ihnen ausgeliehen.«

Wendelin scheint überaus gutmütig, aber auch ziemlich schusselig zu sein. Grete und Hannes kommt ein Verdacht. Und schon bald entdecken sie weitere Merkwürdigkeiten.

Zwischen den Schindeln des Daches sind goldene Teller und Schüsseln eingeklemmt. (»Sonst regnet es doch rein!«) Und statt eines Eimers hängt im Brunnen ein mit silbrigen Schnörkeln geschmückter Kelch. (»Ein Biber brauchte den Eimer als Helm.«)

Als sie im höchsten Turmzimmer eine Mini-Burg aus goldenen Münzen entdecken, müssen die Geschwister schmunzeln.

»Ihr habt ja keine Ahnung, wie langweilig es hier werden kann«, verteidigt sich das Gespenst. »Jeder braucht ein Hobby. Und meins ist es eben, Mini-Räuberburgen zu bauen!«

»Weißt du, ich glaube, dein Schatz ist gar nicht weg«, erklärt Grete grinsend. »Er ist noch da. Nur eben … gut verbaut überall in der Burg.«

Das Gespenst ist ganz verblüfft. »Warum habe ich das nicht gleich bemerkt!?«, lacht es plötzlich auf. »Ihr seid genial, wisst ihr das? Jetzt fehlt eigentlich nur noch meine schöne Krone.« Suchend schaut es sich um.

Da zieht Grete die Krone von ihrem Kopf und streckt sie dem Gespenst entgegen. »Die haben wir hinter der Mauer im Gras gefunden, klingelt da was?«

Wendelin blinzelt verwirrt, dann lacht er. »Na klar! Da war diese winzige Pflanze! Damit sie nicht zertrampelt wird, habe ich die Krone als Zaun drum herum aufgestellt!«

»Du bist wirklich einzigartig!«, kichert Hannes. Und Grete stimmt mit ein.

»Und ihr seid wirklich super Schatzsucher und habt einen ganz besonderen Finderlohn verdient!«, strahlt Wendelin. »Ich weiß auch schon genau, was ich euch schenken werde! Es ist wirklich kostbar, sozusagen das Herzstück meiner Sammlung.« Grete und Hannes können vor Freude kaum stillstehen

»Aber … wo habe ich sie nur hingetan?«, murmelt er zerstreut. Ohne rechten Plan fliegt er im Turmzimmer herum, schaut hinter Vorhänge und durchsucht den Kamin. Doch dann hellt sich seine Miene auf. »Aber natürlich!« Wendelin nimmt seine Kopfbedeckung ab. »Zum Dank schenke ich euch meine geliebte Pfanne! Sie ist wirklich sehr robust, Bratkartoffeln gelingen ganz wunderbar …«

Grete und Hannes wechseln einen entsetzten Blick. Was sollen sie denn mit einer Pfanne?

»Gefällt sie euch nicht?«, fragt Wendelin überrascht. »Nicht schlimm, dann sucht sich einfach jeder von euch eine Münze aus meiner Sammlung aus. Was haltet ihr davon?«

Was für eine Frage! Grete und Hannes strahlen erleichtert.

Sie wühlen eine Weile nach Herzenslust im Münzberg, bis beide die perfekte Münze gefunden haben.

Die Sonne steht mittlerweile schon tief am Himmel und kitzelt die Wipfel der Bäume. Hannes tritt ans Fenster.

»Schau mal, Grete, von hier aus kann man Omas Haus sehen! Es ist gar nicht weit weg!«

Grete rappelt sich auf. »Bestimmt warten Oma und Papa schon auf uns. Wir sollten langsam mal los.«

Zum Abschied drücken die beiden das Gespenst liebevoll an sich. Es fühlt sich tatsächlich wie kuschelige, weiche Zuckerwatte an.

»Wir kommen dich bestimmt bald wieder besuchen!«, verspricht Grete, und Hannes nickt. Dann machen sie sich auf den Weg. Noch lange winkt ihnen ihr Freund mit der Krone hinterher.

Kurze Zeit später erreichen sie den vertrauten Garten. Oma und Papa haben Kerzen angezündet und es sich auf der Terrasse gemütlich gemacht.

»Da seid ihr ja endlich!«, ruft Oma und schließt ihre Enkelkinder glücklich in die Arme.

»Na, ihr mutigen Waldabenteurer?«, begrüßt Papa sie und wuschelt ihnen liebevoll durchs Haar. »Und? Habt ihr den Schatz gefunden?« Es ist nicht zu überhören, dass er sich ein bisschen über sie lustig macht.

Hannes und Grete grinsen sich an. »Und ob!«, sagt Hannes stolz. Gleichzeitig strecken sie Papa die glänzenden Münzen entgegen.

»Wo habt ihr die denn her?«, stammelt er. »Sind die aus … echtem Gold?!«

Oma zwinkert den Kindern verschwörerisch zu. »Ihr wolltet die alte Pfanne wohl auch nicht haben? Kommt, setzt euch her, das müsst ihr uns alles ganz genau erzählen!«

Noch lange sitzen die vier zusammen, während Hannes und Grete berichten, was sie alles erlebt haben. Die Goldmünzen liegen auf dem Tisch und funkeln im Kerzenschein mit ihren Augen um die Wette. Dieser wundersame Wald jenseits des Gartenzaunes hält noch viele Abenteuer für sie bereit. Da sind sich die Kinder ganz sicher!

Herzlichen Glückwunsch, du bist ein echter Schatzsucher!

Mit deiner Hilfe haben die Geschwister den Räuberschatz gefunden! Kennst du auch schon die anderen Geheimisse des wundersamen Waldes? Wenn du mehr Abenteuer erleben möchtest, geh doch morgen noch einmal mit Hannes und Grete in den Wald!

Wen kennst du schon?

Salomé

spielt mit den anderen Tieren im See gerne Mau-Mau (auch wenn die Frösche immer schummeln). Als sie eine kleine Seeschlange war, konnte sie nur mit Schwimmflügeln schwimmen.

Die Schimpfhörnchen

lieben Müsliriegel über alles und machen die tollsten Saltos und Luftsprünge, wenn sie von Baum zu Baum springen.

Die Tiere der Lichtung

spielen total gerne Verstecken und Fangen und lieben es, wenn ihnen jemand spannende Geschichten erzählt.

Wendelin

ist sehr hilfsbereit. Im Sommer hütet er Vogelkinder und im Winter strickt er warme Pullis für Ameisen. Sein Lieblingswort ist: »Sesamsemmel«

Die Leuchtblumen

erzählen sich gerne freche Witze. Wenn du ganz leise bist, kannst du sie in ihrer Höhle kichern hören.

Die Käfer

sind sehr gesellig und lieben Feste mit Musik. Sie sind im ganzen Wald unterwegs und sammeln die schönsten Sandkörner, die sie finden können, in kleinen Stickeralben.

Pomino

lackiert sich gern die Hufe bunt und kann »Alle meine Entchen« rülpsen. Am liebsten isst er Pommes mit Sahne oder galoppiert mit einem Affenzahn durch den wundersamen Wald.

Knolle

ist nicht größer als ein Daumen und bastelt jeden Dienstag für sich und seinen Bruder Bolle neue Röcke aus hübschen Blättern und Blüten.

Bolle

kann schon Loopings fliegen! Bei Gewitter sitzt er gerne in seiner Lieblingsglockenblume. Die schaukelt so schön!

Die Gnome

machen jeden Abend ein großes Lagerfeuer, grillen Stockbrot und singen selbst gedichtete Lieder. Besonders gerne führen sie andere an der Nase herum.

Der Nebelkrake

freut sich immer über Besuch! Er macht jeden Tag Morgensport mit acht Hanteln und vernebelt dann den Wasserfall, weil das so schön kitzelt.

Ramona Wultschner & Lisa Hänsch:
Im Wald der wundersamen Wege – Ein Vorlese-Mitmach-Buch
ISBN 978-3-480-23728-9

Illustrationen, Text & Einbandtypografie:
Ramona Wultschner & Lisa Hänsch
Innentypografie: Tanja Haaf
Reproduktion: Schwabenrepro GmbH, Fellbach
Druck und Bindung: Livonia Print, Riga, Lettland

Bei Fragen zum Produkt: service@thienemann.de

7. Auflage 2026
www.thienemann.de

Schau mal, ein QR-Code! Was es da wohl gibt?
Vielleicht was zum Ausmalen! Oder andere Extras!